· 中小学生阅读指导目录 ·

中国古今寓言

人民文学出版社编辑部 / 编选

人民文学出版社

图书在版编目（CIP）数据

中国古今寓言 / 人民文学出版社编辑部编选. —北京：人民文学出版社，2022
（中小学生阅读指导目录）
ISBN 978-7-02-016467-7

Ⅰ. ①中… Ⅱ. ①人… Ⅲ. ①寓言—作品集—中国 Ⅳ. ①I277. 4

中国版本图书馆 CIP 数据核字（2020）第 120266 号

责任编辑 于 敏
装帧设计 李思安
责任印制 任 祎

出版发行 人民文学出版社
社　　址 北京市朝内大街 166 号
邮政编码 100705

印　　刷 德富泰（唐山）印务有限公司
经　　销 全国新华书店等

字　　数 144 千字
开　　本 890 毫米×1290 毫米 1/32
印　　张 6. 125 插页 1
印　　数 1—3000
版　　次 2022 年 1 月北京第 1 版
印　　次 2022 年 1 月第 1 次印刷

书　　号 978-7-02-016467-7
定　　价 25. 00 元

出版说明

阅读是帮助人获取知识、培养正确的价值观、提高审美水平和增强表达能力的重要手段。中小学时期正值人生的成长阶段，培养良好的阅读习惯，保证一定的阅读量，会让每一个孩子受益无穷。为此，教育部基础教育课程教材发展中心组织研制了一套《中小学生阅读指导目录》，于 2020 年 4 月向全社会发布。

《指导目录》推荐的书目涵盖小学、初中、高中三个学段，分人文社科、文学、自然科学、艺术四类，总计三百种图书。其中文学类图书占一百五十种，充分体现了文学阅读在中小学生课外阅读中的重要地位。人民文学出版社是全国最大的文学专业出版机构，七十年来始终坚持以传播优秀文化为己任，立足经典，注重创新，在中外文学出版方面积累了丰厚的资源。《指导目录》推荐的绝大多数文学类图书，本社很早即已出版，且经多年修订、打磨，版本质量总体较高。为使《指导目录》发挥实际作用，尽力为广大中小学生、教师、家长选书提供"一站式"便捷服务，我社充分发挥自身优势，推出了这套"中小学生阅读指导目录"丛书。丛书收书约一百三十种，以推荐阅读的文学类图书为主，并在我们编辑力量允许的范围内,酌情选入了部分人文社科、艺术、自然科学类图书。

青少年代表着国家的未来和希望,少年强则国强。希望这套书常伴孩子们左右,对丰富他们的精神世界、提升各方面素质,能有切实帮助。

人民文学出版社编辑部

2020 年 5 月

目　次

hào

宣王好射

《尹文子》

齐宣公爱好射箭，喜欢听别人夸赞他能拉开硬弓。其实他的弓只用三百斤的劲就能拉开，他却拿着弓表演给身边的人看，他身边的人也都装模作样地故意拉到半弯就停住，都说："拉开这张弓真要千把斤的力气才行，除了大王，谁能拉得开呢？"齐宣王听了十分高兴。

然而齐宣王拉弓的力气不超过三百斤，他却一辈子都以为自己能拉开千斤的弓。三百斤是真实的状况，千斤是虚名。齐宣王只图虚名而不顾实际。

冯妇搏虎

《孟子》

晋国有一个叫冯妇的人，强壮威猛，善于打老虎。后来他收手不干了，成了一个不杀生的善人。

有一天他到野外，看到很多人正在追赶一只老虎。老虎背靠山崖，气势汹汹，张牙舞爪地准备扑向众人。人们被吓住了，没人敢上前。

大家看见冯妇来了，连忙上前向他求助。冯妇见此情形，挽起袖子跳下车来，准备上前与老虎搏斗。众人欢呼。可是士人却讥笑他，认为他重操旧业，违背了做善人的准则。

五十步笑百步

《孟子》

梁惠王问孟子:“我对于国家,总算是尽心了吧!河内年成不好,我就把河内的灾民移到河东去,把河东的粮食调到河内来。河东荒年的时候,我也同样设法救灾……看看邻国的君主,还没有像我这样关心百姓的。可是邻国的百姓并没有减少,我的百姓也并不增多,这是什么道理呢?”

孟子回答说:“大王喜欢打仗,请允许我用打仗来做比方吧。战鼓咚咚敲起,双方刚刚交锋,上阵的人就丢盔(kuī)卸(xiè)甲拖着刀枪逃跑。有的人逃了一百步停下来,有的人逃了五十步停下。这时如果逃了五十步的嘲笑逃了一百步的胆小怕死,应不应该呢?”

梁惠王说:“当然不可以。他们只不过没有跑到一百步罢了,但同样也是逃跑啊!”

孟子说:“大王既然懂得了这个道理,那就不要希望你的百姓比邻国的多了。”

yà
揠苗助长[1]

《孟子》

宋国有个人,嫌他的庄稼长得太慢,便一棵棵地把它们拔高,然后非常疲乏地回到家里,对家里人说:“今天可把我给累坏了!我帮田里的庄稼苗长高了一大截!”他儿子觉得很奇怪,跑到田边一看,田里的苗儿都已经枯死了。

① 揠:拔。

何待来年

《孟子》

有一个人，天天偷邻居家的鸡，别人劝他："这样做，不是正派人的行为。"他说："那我就从少偷几次开始，每月偷一只，等到明年再完全停手。"

已经知道这样做不对，就应该马上停止，为什么还要等到明年呢？

不龟[1]手药

jūn（龟）

《庄子》

宋国有户人家，擅长配制冻疮药。他家祖祖辈辈以漂洗棉絮为生，就因为有了这个药，冬天手泡在冷水里，也不会冻裂和生疮。有人听说了，表示愿意出百斤黄金来买这个秘方。于是这家人聚集在一起商量说："咱家世世代代都是漂洗棉絮的，辛辛苦苦一年也赚不了几个钱；现在卖掉秘方，一下子就能得到百斤黄金，还是卖给他吧。"

秘方一拿到手，那人就拿着它去觐(jìn)见[2]吴王。正巧越国向吴国发动进攻，吴王便派他领兵迎战。时值隆冬，两国军队水战，吴国军队的将士事先抹上了这种防冻伤的药，没有冻裂手脚，得以打败越军。吴王高兴，划出一块土地封赏给献秘方的人。

同一种防冻伤的秘方，有人用它受地封侯，有人却只能用它世世代代漂洗棉絮，这就在于他们使用的地方不同。

---

① 龟：同"皲"，裂开许多缝子。

② 觐见：朝见（君主）。

屠龙之技

《庄子》

有个叫朱泙(píng)[1]漫的人,一心想学到一门奇特的本领。他听人说有个叫支离益的人会屠龙,便带上重金,去拜支离益为师,学习屠龙的技术。他整整学了三年,花光了所有家产,终于学成归来。

可是,令人苦恼的是,哪里能找到龙让他一展身手呢?

① 泙:河谷。

井底之蛙

《庄子》

一只坐在浅井里的青蛙,对路过的来自东海的大鳖(biē)① 说:“你看我在这里多么自在呀! 想出去玩我就跳到井外的栏杆上,想休息了就回到井壁的窟窿里。泡在水里,水托浮着我的面颊;踏在泥里,泥浆盖住我的脚背。看看那些孑孓(jié jué)②、螃蟹、蝌蚪之类的,都不如我,我自己独占一坑水,可以自由自在地跳来跳去,简直舒服极了。您要不要进来看看呢?”

大鳖听了,很想进去感受一下。可是它的左腿还没来得及伸进去,先伸进去的右腿已经被卡住了,它只好慢吞吞地把右腿缩了回来。它对青蛙说:“你见过大海吗? 大海无边无际,千里之远不足以形容它的广大,千丈之高不足以描述它的深度。大禹的时候十年九涝,海水不见增多;商汤的时代八年七旱,海水不见减少。不因时间而变化,不因旱涝而增减,住在海里,那才是真正的快乐啊!”

浅井里的青蛙听到这里,吃惊得呆住了。

---

① 鳖:俗称王八,也叫甲鱼。
② 孑孓:蚊子的幼虫。

东施效颦(pín)[1]

《庄子》

从前,越国有个出名的美女,名字叫西施。西施因为心口痛,经常用双手捂着胸口,紧锁眉尖。附近的一个丑女见了,觉得这样子很美,回去以后也学着西施的样子,捧着心口,皱着眉头。结果,只要东施一出家门,乡人就赶紧把大门关紧,或者拉着自己的妻儿远远地躲开。

这个丑女以为西施皱眉的样子美,所以她皱眉也好看,却不知道为什么西施皱眉的样子美。

① 颦:皱眉。

鲁侯养鸟

《庄子》

从前有只海鸟落到鲁国的郊外,鲁侯亲自迎接它到祖庙中饮酒,命宫廷乐师演奏最隆重的《九韶(sháo)》乐曲请它欣赏;又派人摆上最上等的供品请它享用。海鸟被这种盛大的场面吓得头晕眼花,惊恐悲伤,不敢吃一块肉,也不敢喝一杯酒,过了三天便在极度惊吓和忧郁中死去了。

鲁国国君这是用供养自己的一套做法来养鸟,而不是用养鸟的办法去养鸟,结果只能是事与愿违。

涸辙之鲋[1]

hé zhé fù

《庄子》

庄周家境贫寒,因此到监河侯那里去借粮。监河侯说:“好。我快要收得年终老百姓纳的税金了,那时就借给您三百金,行吗?”

庄周气得脸色都变了,说:“我昨天来的时候,听到路上有呼救声。我环顾四周,看见干涸的车辙里有条鲋鱼在那儿。我问它:‘鲋鱼啊,你是做什么的呀?’鲋鱼回答说:‘我是东海龙王爷的当差。您难道没有一升半斗的水来救活我吗?’我说:‘好吧。我要去南方游说吴越的国王,引西江水接你,可以吗?’鲋鱼气得脸上变了色,说:‘我失去平素相依的水,就没有存身的地方了。我只要得着一升半斗的水就能活命。您不立刻救我的命,却说这样的空话,还不如早点到干鱼铺子去找我呢!’”

---

① 涸:干。辙:车轮碾过的痕迹。鲋:古书上指鲫(jì)鱼。

曲高和寡

宋　玉

以前有位歌唱家来到楚国的郢都唱歌，当他开始演唱通俗歌曲《下里》和《巴人》时，国都中跟着他唱的有好几千人；接着他唱起了民谣《阳阿》和《薤(xiè)①露》，跟着唱的还有几百人；随后他又唱起了高雅的《阳春》《白雪》，跟着唱的就只剩几十人了；等他唱起高亢婉转、音调多变的乐曲时，能够跟着唱的就只有几个人了。曲调越是高雅深奥，能跟随唱和的人就越少。

① 薤：多年生草本植物，地下有鳞茎，叶子细长，花紫色。

扁鹊治病

《韩非子》

名医扁鹊来拜见蔡桓(huán)侯,在他旁边站了一会儿,便说:“我看大王您皮肤表层有点小病,要是不尽快医治,恐怕会向体内发展。”蔡桓侯不以为然地说:“我没有病。”扁鹊于是退了出去。蔡桓侯对手下人说:“医生就喜欢给没病的人治病,以显示医术

高超。”

过了十天，扁鹊又前来拜见。见到后，扁鹊说：“大王您的病已经深入到皮肤和肌肉之间了，再不医治的话会继续加深。”蔡桓侯没搭理，扁鹊只好退了出去。蔡桓侯很不高兴。

又过了十天，扁鹊又来拜见，说道：“您的病现在已经到了肠胃，要不治还会加深。”蔡桓侯还是不搭理，扁鹊又退了出去。蔡桓侯心里很不痛快。

又过了十天，扁鹊老远望见蔡桓侯，掉头就走。蔡桓侯觉得奇怪，便派人去打探究竟。扁鹊解释道：“人的病在皮肤表层，用热水敷（fū）[1]烫就能除去；到了皮肉之间，用扎针的方法就能治好；即使到了肠胃里，服几剂汤药也能去除；而一旦深入骨髓（suǐ），只好由阎王爷做主了，医生是无能为力的。现在大王的病已经到了骨髓，我也无能为力了。”

五天后，蔡桓侯浑身疼痛，派人去找扁鹊，这时扁鹊早已逃到秦国去了。蔡桓侯不久就病死了。

---

① 敷：涂上。

心不在马

《韩非子》

赵襄(xiāng)主向驾车高手王子期学习驭(yù)①马驾车。学了没多久便同王子期驾车竞赛。在比赛中襄主换了三匹马,结果每次都落在后面。襄主埋怨道:“你教我驾车,还留了一手,没把技术全教给我。”王子期回答道:“技术已经全教给您了,可是您用得不对。驾车最要紧的是马套在车上舒适熨帖(yù tiē)②,人和马协调配合,这样才能驾得快、跑得远。刚刚比赛时,您落在后面的时候就光想着追上我,领先时又担心被我追上。驾车赛跑,不是领先就是落后,可是您无论领先还是落后,注意力都集中在我身上,哪里还顾得上去调理马呢?这就是您落后的原因啊!”

---

① 驭:驾驭车马。

② 熨帖:妥当,贴切。

二 人 相 马

《韩非子》

伯乐教两个人辨认爱踢人的马,这两个人便一起到赵简子的马棚里去实地观察。其中一个指出一匹爱踢人的马,另一个便到后面去抚摩马屁股,摩来摩去马却不踢。前一个人便以为自己看错了。后一个人便说:“您并没有看错。就这匹马来说,它的肩膀扭伤,前腿膝盖也肿了。凡是爱踢人的马,当它举起后腿要踢时,全身重量就落到了前腿上;前膝肿胀便不能支撑全身的重量,所以后腿就抬不起来了。您很会辨认爱踢人的马,却没看出前膝肿胀对于后腿的影响。”

三 人 言 虎

《韩非子》

魏国大臣庞恭（gōng）随魏太子一道，到赵国都城邯郸（hán dān）去做人质。临行前庞恭对魏王说："如果现在有一个人对您说街上有一只老虎，大王您相信吗？"

魏王说："我不相信。"

"如果有两个人说街上有老虎，您相信吗？"

魏王回答道："不信。"

"如果有三个人都说街上有老虎，您信吗？"

魏王说："那我就相信了。"

庞恭说："街上没有老虎这是明摆着的事，可是三个人都说有，于是没有虎也变成真有虎了。现在邯郸离魏国比王宫离街市远多了，到大王这里非议我的人又多于三个，至于他们对我的议论，请大王能够明察。"

后来庞恭从邯郸回到魏国，魏王果然已经听信了谗（chán）①言，不再召见他。

---

① 谗言：挑拨离间的话。

滥竽①充数

lànyú

《韩非子》

齐宣王让人吹竽，一定要听三百人的合奏。有位南郭先生也来请求为齐宣王吹竽，齐宣王很高兴。官府给他的待遇同那几百人一样。宣王死去，湣(mǐn)王继位，他喜欢听乐工一个一个地独奏，南郭先生便逃走了。

① 竽：古乐器，形状像现在的笙。

买椟[1]还珠

dú

《韩非子》

楚国有个商人到郑国去卖珍珠。他先用木兰做了个盒子,又用桂木和花椒把盒子熏香,然后镶缀上珍珠宝玉,装饰上玫瑰石,再装嵌上绿翡翠。有个郑国人买下了他的盒子,却把匣子里面的珍珠还给了他。

① 椟:木匣。

棘[1]刺母猴

jí

《韩非子》

燕王张贴榜文,征求身怀绝技的能工巧匠。有个卫国人来应征,自称能在棘刺尖上雕出活灵活现的母猴。燕王听了很高兴,便用优厚的待遇供养他。一天,燕王说:“我想看看你所雕刻的棘刺母猴。”这个卫国人说:“国君要想看到它,必须半年之内不进后宫,不喝酒,不吃肉,然后在雨停日出、似明似暗的一刹那才能瞧见它。”燕王一听,没法照办,只好继续供养他,却始终没办法看到他的棘刺母猴。

有个在官府服役的铁匠前来对燕王说:“我是打刀的,我知道一切微小的东西都要用小刀刻削,所刻削的东西一定要比刻刀的刀刃大;如果棘刺尖小得容纳不下最小的刀刃,那就没法在上面雕刻。请大王去瞧瞧那位客人的刻刀,就可以知道他究竟会不会刻了。”燕王说:“好主意!”于是立即把那个卫国人叫来,问道:“你在棘刺尖上雕母猴,是用什么工具?”客人说:“用刻刀。”燕王说:“我想看看你的刻刀。”客人说:“请让我回到住处去取吧。”于是便趁机溜走了。

---

① 棘:多刺的植物。

画鬼最易

《韩非子》

有位客人来给齐王画画，齐王问他："画什么最难？"客人答道："画狗画马最难。"齐王又问："画什么最容易？"答道："画鬼怪最容易。狗马是人人皆知的，从早到晚随时都可以见到，不能任意虚构，要想画得像是不容易的，所以最难画。鬼怪是没有具体形象的东西，我们看不见它，想怎么画就怎么画，所以画起来最容易。"

郑人买履[1]

lǚ（履）

《韩非子》

郑国有个人，打算去买鞋。他先量了量自己的脚，记下尺码，放在座位上；等到去集市的时候却忘记了带它。鞋已经挑选好了，他才忽然想起来，说道："我忘记带尺码了。"说罢，急忙回家去取。等他赶回来的时候，集市已经散了，于是没买到鞋。有人问他："你怎么不用脚试试呢？"他说："量的尺码才可靠。我宁可相信尺码，也不相信自己的脚。"

① 履：鞋。

曾子杀猪

《韩非子》

曾子的妻子要到集市去，她的孩子跟在后面哭哭啼啼。她就对孩子说："你回去，等我回来给你杀猪吃。"妻子刚从集市回来，曾子就要去抓猪，准备杀掉它给孩子吃，妻子制止他说："我只不过是和小孩子说着玩罢了。"曾子说："小孩子是不能随便开玩笑的。他们没有分辨能力，都是听从父母的教导来学习各种事情。现在你欺骗他，这是在教孩子骗人呀！做母亲的欺骗孩子，孩子也就不会相信他的母亲。这不是教育孩子的办法啊。"于是把猪杀了，将肉放到锅里煮了。

狗猛酒酸

《韩非子》

宋国有个卖酒的人,买卖公道,对顾客也很恭敬,酿的酒又醇又美,酒店的幌子也挂得高高,然而却没什么顾客来。贮积的酒卖不出去,时间一长,酒都变酸了。他觉得很奇怪,就向人询问是什么原因。问到一位名叫杨倩的长者时,杨倩说:“是你的狗太凶猛啦!”他疑惑地问:“狗凶,跟酒卖不出去有什么关系?”杨倩答道:“人们怕狗呀。有的人家让孩子拿着钱提上酒壶、酒瓮(wèng)①来打酒,而这只狗迎上去就咬,孩子们就不来了。这就是酒卖不出去而变酸的原因。”

---

① 瓮:一种盛水或酒的陶器。

自相矛盾

《韩非子》

楚国有个卖矛和盾的人，他先夸他的盾说："我的盾很坚固，任何武器也刺不破它。"接着又夸他的矛说："我的矛很锐利，没有什么东西是它穿不透的。"有人质问他："如果拿你的矛去刺你的盾，结果会怎样？"那人哑口无言，答不上来了。本来嘛，坚不可破的盾和无坚不摧的矛是不能同时存在的。

疑邻窃斧

《吕氏春秋》

有个人丢了一把斧子，怀疑是邻居的儿子偷去的，就很注意他，总觉得邻居的儿子走路的样子、脸上的表情、说起话来无一不像是偷斧子的人：总之，一举一动，怎么看怎么像偷了斧子的样子。后来他在家里淘水沟，找到了这把斧子。过了几天，再看见邻居的儿子，无论是动作还是态度，再也不像是偷他斧子的人了。

邻居的儿子并没有变，是他自己的心态变了；发生这种变化的原因没有别的，主观偏见有所归咎罢了。

刻舟求剑

《吕氏春秋》

有个楚国人乘船渡江，他的佩剑从船上掉到水里，他急忙在船沿上刻了一个记号，说："这儿是我的剑掉下去的地方。"船停住后，他就顺着船沿上的记号下水去找。

船已经前行了很远，然而剑却不会随船前进；用这种方法来找剑，不是太糊涂了吗？

投婴入江

《吕氏春秋》

有个过江的人，看见一个人正拉着一个婴孩，准备把他投到江里去。婴孩啼哭不止。这人觉得奇怪，就问他为什么要这样做。那人回答道："这孩子的父亲很会游泳。"

孩子的父亲擅长游泳，孩子就一定很会游泳么？这样处理事情，必定是谬(miù)误的啊！

强取人衣

《吕氏春秋》

宋国有个叫澄子的人,丢了一件黑色衣服,便到路上去找。他看见有个女人穿着件黑衣服,就跑过去拉住不放,要扒下人家的衣服,嘴里说:“我刚丢了一件黑衣服。”那女人说:“您丢了一件黑色的衣服,可是我身上的这件不是您的,这是我自己亲手做的啊!”澄子说:“你还是赶紧把衣服给我吧。我丢的,是件夹袄;你现在身上穿的,是件单褂。用单褂换夹袄,难道不是便宜你了吗?”

利令智昏

《吕氏春秋》

齐国有个人一心想弄到金子,清早起来穿戴整齐,径直走到卖金子的处所,看见有人手中拿着金子,伸手就抢。官吏把他逮住捆绑起来,问道:“这么多人都在这儿,你为什么公然抢人家的金子?”他回答道:“我根本就没看到人,只看见金子了。”

逐臭之夫

《吕氏春秋》

有个人身上有股很大的臭味，他的父母、兄弟、妻妾、朋友，都不肯靠近他，和他交往。他感到非常苦恼，便远离亲友，迁居海边。海边却有一个人非常喜欢他身上的臭味，白天黑夜都跟随着他，一步也舍不得离开。

穿井得一人

《吕氏春秋》

宋国有家姓丁的,家里没有水井,要到很远的地方去担水,因此常占用一个劳动力在外专管打水。

后来他家里打了一口井,再也不用出去担水了,他就对别人说:“我们家打了井以后多出一个人来。”听见这话的人传开了:“丁家打井挖出一个活人来。”国都中的人都在谈论这件事,一直传到了宋国国君那里。

宋国国君派人向丁家问明情况。丁家人回答道:“我说的是多出一个劳动力,并不是说从井里挖出一个人来。”

掩耳盗钟

《吕氏春秋》

晋国贵族范氏战败逃亡的时候,有人趁机偷了一口钟。这人想背上逃跑,但是钟很大,背不动。于是想用锤子把钟砸碎,刚一砸,钟“锽(huáng)[①]锽锽”地响,声音很大。他生怕别人听到响声,来把钟夺走,就急忙捂住了自己的耳朵。

怕别人听见声音,这是可以理解的;但是以为捂住自己的耳朵别人就听不到了,这真是太荒谬了。

(“掩耳盗钟”后来演化成“掩耳盗铃”)

① 锽:形容大而和谐的钟鼓声。

生木造屋

《吕氏春秋》

高阳应打算盖一所房子，木匠对他说："不行啊！木材还没干，如果把泥抹上去，一定会被压弯。用新砍下来的湿木料盖房子，刚盖成虽然看起来挺牢固，可是过些日子就要倒塌了。"高阳应说："照你的话，我这房子倒是保险坏不了——因为日后木材越干越硬，泥土越干越轻，以越来越硬的木材承担越来越轻的泥土，房子就坏不了。"木匠无话可答，只得听从他的吩咐去做。房子刚盖成的时候看起来挺壮观，以后果然倒塌了。

千金买首

《战国策》

古时候有个国君,愿意出千金高价购买千里马,可是三年过去了,千里马仍没有买到。这时一个侍臣对国君说:“请允许我去找一下吧!”国君就派他去了。三个月后打听到某地有一匹千里马,但这匹马已经死了,他便用五百金买下了马头,带回来献给国君。国君大怒道:“我要的是活马,你怎么会浪费我五百金买匹死马回来?”侍臣回答道:“您连死马都要花五百金买下,何况是活马呢?消息传出,天下人一定认为您善于买马,千里马很快就会送上门来了。”果然,不到一年,送到国君这里的千里马就有三匹。

马价十倍

《战国策》

有个人要卖掉自己的骏马，在集市上蹲了整整三天，没有人前来光顾。这人找到相马的专家伯乐，恳求道："我有匹好马要卖掉，可是连续在集市上待了三天，没有一个人来过问。希望您能帮帮忙，去集市上围着我的马转个圈儿，临走的时候再回过头来看它一眼，我愿意奉送您一天的费用。"伯乐答应了，如他所求，围着马转圈儿地看，临走的时候不忘回头看了一眼。

马上，这匹马的身价暴涨了十倍。

画蛇添足

《战国策》

楚国有个贵族，在祭祀(jì sì)[①]祖先仪式结束后，赏给了众门客一杯酒。门客们商议道："这杯酒若大家都喝的话，不够分；一个人喝则绰绰有余。不如我们就地进行画蛇比赛，谁先画成谁喝。"

有个人手快，最先画好。他伸手拿过酒杯准备喝，可是左手端着酒杯的他，右手还在地上继续画，嘴里说道："我还能给它添上脚！"可是没等他把脚画完，另一个人的蛇画完了。那人从他手里夺过杯子，说道："蛇本来是没有脚的，你怎么偏要给它添上脚呢？"说完把酒一饮而尽。

那个给蛇画脚的人，丢掉了已经到了嘴边的酒。

---

① 祭祀：陈设供品向祖先或神佛行礼，表示崇敬并求保佑。

南辕北辙

《战国策》

魏王想要攻打邯郸,季梁听说这件事后顾不得出使任务,从半路折回,衣服褶子也来不及熨烫,满头尘土也来不及梳洗,急急忙忙去拜见魏王,说:

"这次我从外面回来,碰见一个人在太行山,正向北拉着他的车驾,告诉我说:'我要去楚国。'

"我说:'您去楚国,为什么往北走呢?'

"他说:'我的马很精良。'

"我说:'你的马虽然好,可这不是去楚国的路啊。'

"他说:'我的路费很多。'

"我说:'你的路费虽然多,可这不是去楚国的路啊!'

"他说:'我的马夫驾车本领高。'

"他不知道,方向错了,这几个条件越好,距离楚国就越远啊!现在您动不动就想称霸成王,一来就想取得天下人的信任,依仗着您国家大、军队精锐,而去攻打邯郸,来扩展领地抬高声威。殊不知您这样的行动越多,距离统一天下为王的可能就越远了,正像去楚国而向北走一样啊。"

狐假虎威

《战国策》

老虎搜捕各种野兽来吃,它捉到了一只狐狸。狐狸说:“你是不敢吃我的!上天叫我做百兽之王,你若是吃我,就违背上天的意旨了。你如果不相信我的话,我在前头开路,你跟在我后面,看看那些野兽见了我,有哪一个敢不跑开的。”老虎信以为真,于是就跟狐狸同行。野兽们见了老虎,纷纷跑开了。老虎不知道那些野兽是因为害怕自己才逃走的,还以为它们真是害怕狐狸呢。

惊弓之鸟

《战国策》

更羸(léi)陪同魏王在高台子下面，抬头看见远处有一只大雁。更羸对魏王说："我不放箭虚拉弓弦，就能射下那只鸟来。"魏王说："难道射箭的本领竟可以达到这样高的地步吗?"更羸说："可以。"

过了一会儿，那只雁从东方飞过来了，更羸就拿起弓拉了一下空弦，那只雁就从半空中落了下来。魏王惊叹道："射箭的本领竟可以达到这种地步吗?"更羸说："这是一只受了伤的失群孤雁哪!"魏王问："先生怎么知道的呢?"更羸回答说："它飞得缓慢而叫得悲惨——飞得慢呢，是旧伤疼痛；叫得惨呢，是长久失群。旧伤没有长好而惊恐的心理还没有消除，一听见弓弦响便急忙展翅高飞，这就引起伤口迸裂，而从高处掉落了下来。"

鹬蚌[1]相争

yù bàng

《战国策》

一只河蚌从水里出来，正张开两壳晒太阳，一只鹬飞过来啄食它的肉，蚌急忙并起两壳，紧紧地钳夹住鹬的嘴。鹬说："今天不下雨，明天不下雨，就会干死你。"蚌也对鹬说："今天不放你，明天不放你，就会饿死你。"两下里相持不下，谁也不肯放弃，结果一个渔夫走过来，把它们一起捉去了。

① 鹬：一种鸟，嘴和腿细长，常在浅水边或水田中吃小鱼、贝类等。蚌：软体动物，有两个椭圆形介壳，可以开闭。

杞[1]人忧天

《列子》

杞国有这样一个人，害怕天会塌地会陷，自己无处存身，于是慌得觉也睡不着，饭也吃不下。有个人为他担心，便去开导他说："天不过是积聚起来的气体罢了，没有什么地方是没有空气的。你一俯一仰、一呼一吸，整天都在天空的气体里面活动，怎么还担心它会塌落下来呢？"

这个人说："天如果真是气体，那么日月星辰不就会掉下来吗？"开导他的人说："日月星辰也只不过是气体中会发光的罢了；即使掉下来，对人也不会有什么伤害。"

这人又说："那如果地陷下去了又怎么办呢？"开导他的人说："地不过是堆积的土块罢了，土块塞满了四方，没有什么地方是没有土块的。你走着站着，整天都在地上活动，怎么还担心地会陷下去呢？"

这人听了，这才消除了忧虑，高兴起来；开导他的人见他解除了忧愁，也十分欢喜。

---

① 杞：周朝国名，在今河南杞县一带。

燕人还国

《列子》

有个燕国人，在燕国出生，在楚国长大，老了的时候回燕国去。在路过晋国的时候，同路的人故意骗他，指着晋国的城对他说："这就是燕国的城。"那人听了脸上立马变得凄怆（qī chuàng）①。同路的人又指着一座神社说："这就是你乡里的神社。"那人听了大为感慨，深深地叹了口气。同路的人又指着一幢房子对他说："这就是你祖先的房屋。"那人心中酸楚，眼泪止不住直流下来。后来同路的人又指着一座坟墓对他说："这是你祖先的坟墓。"这时那人便忍不住哭起来了。

同路的人不觉哈哈大笑起来，说："我刚刚都是骗你的，这里是晋国呀！"那人大为惭愧。

及至来到燕国，真的看见燕国的城郭和神社，真的看见他祖先的房屋和坟墓，悲伤的心情反而变得淡薄了。

---

① 凄怆：凄惨，悲伤。

纪昌学射

《列子》

甘蝇是古代的一位射箭能手,他一拉开弓,总是射兽兽倒,射鸟鸟落。甘蝇有个学生叫飞卫,跟着他学射箭,技艺的高超超过了其老师。有一个名叫纪昌的,又跟着飞卫学射箭。飞卫说:“你首先得练习不眨眼,然后才能谈到射箭。”

纪昌回到家中,仰面躺在妻子的织布机下,眼睛紧盯着一上一下的梭(suō)子①。这样练习了两年以后,即使用锥子尖刺到他的眼眶,他的眼睛也不眨一下。他把练习的成果告诉了飞卫,飞卫说:“还不行。接下来你得练好视力才行。要练到把小的看得很大,不明显的看得很明显,然后再来告诉我。”

纪昌回去用根牛尾毛把一个虱(shī)子吊在窗户下,每天面向南目不转睛地盯着它。十天过后,虱子在他眼里大了起来。这样练了三年后,虱子在他眼里竟像车轮那么大;再看周围其他的东西,都大得跟小山一样了。这时纪昌便用燕国牛角做的弓,搭上用北方篷竹做的箭杆,向那虱子射去,一箭穿过虱子的中心,而那根拴虱子的牛尾毛却没断。纪昌又去向飞卫汇报自己练习的情况,飞卫高兴得跳起来了,他拍着胸脯激动地说:“你已经掌握射箭的诀窍了!”

---

① 梭子:织布时牵引线的工具。

朝三暮四

《列子》

宋国有个养猴子的老人,很喜欢猴子,家里养了一大群。他能了解猴子的意思,猴子也很会讨主人的喜欢。养猴人宁愿减少自己家人的口粮,也要让猴子吃饱。

不久,他家里粮食不够了,便打算限制猴子的食量;又怕猴子不再顺从自己,于是便哄骗它们说:“分给你们橡栗(lì),早晨三个,晚上四个,够吃的吧?”众猴子听了,都跳起来发脾气。过了一会儿,养猴人又说:“分给你们橡栗,早晨四个,晚上三个,够了吧?”众猴子听了,都高兴地趴伏在地上。

愚[1]公移山

（yú）

《列子》

太行和王屋这两座山，方圆七百里，高达七八千丈。它们原本坐落在冀州以南，河阳以北。山北面住着一个叫愚公的老人，已经快九十岁了，他的家面对着高山，苦于大山的阻塞，每次出入都必须绕很远的路才行。于是愚公把全家召集在一起商量，说："我打算和你们一起用尽一切力量来铲除这两座险峻的高山，使道路直通到豫南，一直到汉水的南岸。你们说可以吗？"大家都纷纷表示赞同。可他的老伴有点怀疑，说："就凭你这点力气，恐怕连魁父这样的小山丘也不能铲平，对太行、王屋这样的大山又有什么办法呢？再说，动工后，石头和泥土往哪儿放呢？"众人说："把它扔到渤海的后面，隐土的北边。"

于是愚公就率领着自己儿孙中能挑担子的三个人，凿石挖土，用畚箕（běn jī）[2]装土石运到渤海的边上。他的邻居京城氏的寡妇有个孤儿，刚七八岁，也蹦蹦跳跳地来帮忙。夏去冬来，经过一年，他们才往返了一次。

河曲的智叟（sǒu）[3]用讥笑的口气来劝阻愚公，说："你真太傻

---

① 愚：笨，傻。

② 畚箕：簸箕（bò ji）。

③ 叟：年老的男人。

了，就凭你这年老体衰的力气，恐怕连山上的一根毫毛也动不了，又能把这大山的石头和泥土怎么样呢？”愚公深深地叹了口气说：“你思想顽固到了不能改变的地步，还不如人家孤儿寡妇呢。即使我死了，还有我儿子在呢；儿子又生孙子，孙子又生儿子；儿子又有儿子，儿子又有孙子。子子孙孙是没有穷尽的，可是这两座山却不会再增高了，为什么还怕挖不平呢？”智叟张口结舌，无言以对。

山神听说了愚公要平山的消息，害怕他们无休止地干下去，便向天帝禀告了这件事。天帝被愚公的诚心所感动，就命令夸娥氏的两个儿子背走了这两座大山，一座放在朔（shuò）东，一座放在雍（yōng）南。从此以后，冀州的南部，直到汉水的南边，再也没有高山阻碍了。

关尹(yǐn)子教射

《列子》

关尹子是著名的箭术教师，列子跟他学射箭。列子已经能射中了，便去请教关尹子。关尹子问他："你知道你能够射中的道理吗？"列子回答说："不知道。"关尹子说："不行！你还不能算是学会射箭了。"列子回去继续练习了三年，然后又来向关尹子报告自己的成绩。关尹子又问道："你知道你能够射中的道理了吗？"列子说："知道了。"关尹子说："可以了，你已经学成了。今后要牢牢记住这个道理，不要轻易丢掉。不仅射箭应该这样，治理国家和做人也都应这样。"

九方皋(gāo)相马

《列子》

秦穆公对伯乐说:“你年纪大了,你的家族中还有能够派出去寻找好马的人吗?”

伯乐回答说:“一般好马从形体、外貌筋络、骨架上可以看出来。最难的是识别天下绝伦之马,要从内在来分辨,而那是若隐若现、若有若无的;像这样的马奔驰起来,是足不扬尘、过不见迹的。我的子侄们都是些下等的人才,他们能够认出什么是好马,却辨不出天下绝伦之马。我有个靠挑担卖柴为生的朋友叫九方皋,他相马的能力不在我之下。请让我把他推荐给您。”

秦穆公召见了九方皋,派他出去寻找好马。三个月之后,他回来报告说:“宝马已经找到了,就在沙丘那里。”秦穆公问:“是什么样的马?”九方皋回答说:“是黄色的母马。”秦穆公派人去把马牵来,却是匹黑色的公马。秦穆公很不高兴,把伯乐叫来,对他说:“糟透了!你推荐的相马人,连颜色和雌雄都分不清,又哪能相马呢?”

伯乐很有感慨地赞叹说:“九方皋竟达到了这种地步!这正是他比我高出千万倍的地方。九方皋观察马,他所看到的,正是天机呀!他取其精而忘其粗,只重其内而忘其外,只看见他所需要看的,忽略了他所不需要观察的。像九方皋这样相出的马,才是比一般的良马更珍贵的好马呢!”

后来证明,那马果然是一匹天下绝伦之马。

biàn
卞庄子刺虎

司马迁

卞庄子要去刺杀老虎，旅舍里的小儿劝阻他，说：“那两只老虎刚刚开始吃一头牛，吃得起劲一定会发生争抢，一争抢就会拼斗，拼斗就必定导致大的受伤，小的被咬死。您冲着受了伤的老虎下手刺杀，一下子就会获得杀双虎的美名。”卞庄子认为这话很对，就站在一边等待观望。过了一会儿，一大一小两只老虎果然拼斗起来，大老虎受了伤，小老虎倒地死了。这时卞庄子冲过去刺杀那只受伤的老虎，果然一下子获取了杀死两头老虎的功劳。

叶公好龙

刘　向

叶公子高非常喜欢龙，他的衣带钩、酒器上都刻着龙，居室里雕镂装饰的也是龙。他这样爱龙，天上的龙听说了，就从天上来到叶公的家里，把头伸进窗户里探望，长长的尾巴伸到了厅堂里。叶公看到它以后，掉头就跑，吓得魂飞魄(pò)散，脸色都变了。原来，叶公不是真的喜欢龙，他喜欢的只不过是那种看起来像龙实际上并不是龙的东西。

曲突徙(xǐ)薪(xīn)[1]

刘　向

有一位前来拜访主人的客人，看到主人家灶上的烟囱(cōng)砌得很直，灶旁边还堆着许多柴草，便对主人说："你要让烟囱拐个弯，把柴草挪得远点；不然的话，会失火的。"主人听了，默默地没搭腔。

过了没几天，他家果真失火了。乡里邻居都赶来救火，总算幸运，火被扑灭了。

事后，主人杀牛摆酒，答谢帮忙的邻居，那些被火烧伤的人位列上席，其余的人也按出力大小排位次，却没邀请那位建议改装烟囱的客人。有人对主人说："当初如果听了那位客人的话，也不用破费摆设酒席，也不会有火灾的忧患。现在论功劳，邀请宾客，为什么建议改装烟囱的人没有受到恩惠，被烧伤的人却被奉为上宾呢？"主人这才醒悟过来，连忙去邀请那位客人。

---

① 突：烟囱。徙：迁移。薪：柴草。

鲁人执竿

邯郸淳(chún)

鲁国有一个人拿着长长的竹竿要进城门,起初,竖着拿,不能走进城门;又横着拿,也不能走进城门。他想不出别的办法。过了一会儿,一个老人走上前对他说:“我不是圣人,但见到的事儿也很多了。你为什么不用锯从中间截断再拿进去呢?”于是,这人按照老人的建议把长竿截断了。

一叶障目

邯郸淳

有个楚国人,家境贫寒。有一天他在《淮南方》里看到一段话:“螳螂捕蝉时用来遮挡身体的那片树叶,可以隐身。”于是他就到树下,仰头望着满树叶子,寻找能使他隐形的那一片。终于有一天他看到一只螳螂隐藏在一片树叶下,正伺(sì)机捕蝉。他高兴地赶紧去摘,不料那片叶子掉在了地上,与满地的落叶混在一起,根本分辨不出来。他只好把地上的落叶归拢,装了几斗带回家,一片一片地拿起来挡在身体前,反复问妻子:“你能看得见我吗?”起初妻子总是回答道:“看得见。”被这样重复地问了整整一天后已经厌倦不堪,再一次被问时便不耐烦地骗他道:“看不见了。”这人心中窃喜,随后带着树叶就到集市上去了。他用树叶挡着,当着人家的面,伸手拿了人家的东西就走,结果被当场抓住,绑缚起来扭送到了县衙。

魏人钻火

邯郸淳

魏国有个人,夜里突然得了急病,命令仆人赶紧钻火点灯。当天夜里特别黑,主人又不停地催促,仆人气愤地说:“您责怪人也太没道理!现在天黑得跟漆似的,为什么不拿火来照着我,好让我找到钻火的工具,然后才容易打着火呀。”

对牛弹琴

《弘明集》

有一天，古琴演奏家公明仪对着一头老牛弹琴，他先是弹奏古雅的清角调的琴曲，老牛无动于衷，就像没听见一样，照旧低头吃草。后来，公明仪改变了弹法，用古琴模仿蚊虻(méng)[1]嗡嗡的叫声，以及离群的小牛犊(dú)发出的悲鸣声。这下子老牛立刻摇摆着尾巴，竖起耳朵，来回踏着碎步，细心地倾听起来。

① 虻：昆虫，雌的吸人和动物的血液。

与狐谋皮

苻　朗

周地有个喜好裘(qiú)皮和精美食物的人,想要缝制一件价值千金的狐裘,就去和狐狸商量剥它的皮做裘衣;想要做像祭祀一样美味丰盛的羊肉佳肴,就去跟羊商量要它的肉。话还没说完,狐狸一个跟着一个都逃窜到深山里,羊一个呼叫着另一个都躲藏进密林中。因此这个周人十年没有制成一件皮衣,五年没有做成一次宴席。这是为什么呢?因为他的做法根本不对头啊!

郑人乘凉

苻　朗

郑国有个人到一棵大树下避暑，他随着阳光变化和树影移动，不断地挪动自己的席子，以此来纳凉。到了晚上，他还像白天那样，按照月光变化和树影的移动，挪动着席子。结果他的衣服被露水打湿了。越是随阴影移动，他的衣服就越湿。这是因为，此人照搬白天避暑的经验来对待夜晚的露水，当然不能达到预期的目的。

公输刻凤

刘 昼

公输般雕刻一只凤，凤冠和凤爪还没有雕完，翠绿的羽毛也没有弄好。看见凤的身子的人，说它是白色的鹰；看见凤头的人，称它是鹈鹕（tí hú）。人们都耻笑凤的丑陋，嘲笑公输般的笨拙。

等到凤刻成了，翠绿的冠子像云彩一样高耸，朱红的爪子像电一样闪动，锦绣般的身子像霞光一样散射，美丽的翅膀像火花一样迸发。翙（huì）①的一声腾飞，在耸入云天的楼房上翻飞，一直飞了三天也不落下来。这时人们才赞叹凤的神奇，称颂公输般技艺高超。

① 翙：形容鸟飞声。

折　箭

魏　收

吐谷浑(tǔ yù hún)①的首领阿豺(chái)有二十个儿子。有一天,阿豺对他们说:“你们每人给我拿一支箭来。”阿豺接了箭就一一折断,扔在地上。隔了一会儿,阿豺又对他的弟弟慕利延说:“你拿一支箭来把它折断。”慕利延毫不费力地把箭折断了。阿豺又说:“你再取十九支箭来把它们一起折断。”慕利延用尽力气也折不断。阿豺说:“你们知道吗?一支箭是容易折断的,许多支箭合在一起就很难折断了。所以,大家齐心协力,我们的国家就能巩固。”

---

① 吐谷浑:我国古代民族,在今甘肃、青海一带。隋唐时曾建立政权。

杯弓蛇影

房玄龄

有个做官的人叫乐广,曾经有个亲密的客人,分别很久没有再来,乐广问他是什么缘故。客人回答说:“上次在您家里,承蒙赐给我酒,刚要喝,忽然看见酒杯中有一条蛇,心里特别厌恶,喝了酒就害起病来了。”

当时,河南郡郡府的大厅墙上挂着一张角弓,弓上用漆画着一条蛇,乐广猜想杯中的蛇就是角弓的影子。于是,就在上次落座的老地方重摆了酒,请客人坐在上次的位置上,然后对客人说:“在酒中又看见了什么东西没有?”客人回答说:“所看见的和第一次的一样。”乐广请他抬头看看墙上的角弓,再看看杯中的蛇影,客人恍然大悟,积久难治的疾病立刻好了。

临江之麋(mí)[①]

柳宗元

临江有个人，打猎时捉到一只小驼鹿，把它带回家饲养。刚一进门，一大群狗看见小驼鹿馋得口水直流，都摇着尾巴跑了过来。猎人很生气，把狗吓唬了一顿。从这天起，猎人天天把小驼鹿抱到狗的跟前，让狗看熟了，使狗不伤害它，又渐渐地把小驼鹿和狗放到一起玩耍。

日子一久，那些狗都能按照主人的心意做了。小驼鹿一天天地长大，却忘记自己是驼鹿，以为狗真的是自己的好朋友，时常和它们相抵相磨，翻滚玩耍，越来越亲昵。那些狗因为怕主人，所以跟小驼鹿玩得很好，但经常贪婪地舔着自己的嘴唇，露出一副馋相来。

三年以后，小驼鹿走到门外，看见路上有很多别人家的狗，就跑过去想跟它们玩耍。那些狗看见小驼鹿既高兴又愤怒，不由得龇牙咧嘴怒冲冲地围上去，一起把它咬死分吃了，弄得道路血肉狼藉。小驼鹿到死也不明白狗为什么要吃它。

---

① 麋：麋鹿，一种珍稀动物，也叫四不像。

永某氏之鼠

柳宗元

永州有个人，十分怕触犯忌日，因此禁忌得特别厉害。他认为自己出生那年是子年，而老鼠是子年之神，因而喜爱老鼠。家里不养猫，也不准家仆追打老鼠。家里的粮仓厨房，都任凭老鼠恣意横行、胡乱糟蹋，不加过问。

于是老鼠们奔走相告，都跑到这家里来，饱食终日又安然无事。结果这人家里没有一件完整的器具，衣架上没有一件完好的衣物，人吃的喝的都是老鼠吃剩的。白天老鼠成群结队地跟人一道行走，夜间就偷吃东西，互相打斗，大呼小叫不绝于耳，吵得人根本没法睡觉。但这个人始终充耳不闻，不觉得厌烦。

过了几年，这家人搬到别的地方去了。新来的人家搬进来住。老鼠还是像以前那样闹得凶。新来的人说："这些见不得阳光的坏东西，偷咬打闹得太厉害了，怎么会闹到这种地步呢！"于是借来五六只猫，关上门，掀开房顶上的瓦，用水灌老鼠洞，又花钱雇人千方百计地搜捕。结果打死的老鼠堆积如山，尸体扔到偏僻的地方，臭味过了好几个月才散尽。

qián
黔[1]之 驴

柳宗元

黔地原本没有驴子,一个多事的人用船运了一头进来。运到以后,却没有什么地方可以用,就把它放置在山脚下。老虎瞧见了,真是个又高又大的大家伙,还以为是什么神怪,就躲在树林里偷偷地观察它;后来,又慢慢地走出林子,小心翼翼地向它靠近,始终弄不清它是个什么东西。

有一天,驴子突然大叫了一声,老虎害怕得不得了,赶忙逃得远远的,以为驴子要吃自己,非常恐惧。但是又来回仔细地观察,觉得它也没有什么特别的本领。老虎越来越听惯了驴子的叫声,又前前后后地靠近它,但始终不与它搏斗。再稍稍挨近,态度越来越轻侮,就进一步对驴子冲撞冒犯起来。驴子禁不住发脾气了,狠狠地踢了老虎一脚。老虎却十分高兴,心里盘算道:“这家伙的本事只是这么多罢了!”就跳跃起来,大吼一声,向驴子猛扑过去,咬断了它的喉咙,吃光了它的肉,心满意足地走开了。

① 黔:贵州的别称。

恃[1]胜失备

沈　括

有个人曾经碰上一个强盗，双方搏斗起来。刀枪刚刚交锋，强盗把事先含在嘴里的满满一口水，猛然朝他脸上喷去，这人愕然一惊，强盗的尖刀趁机戳进了他的胸膛。

后来，有个壮士也碰上了这个强盗。壮士已经知道了强盗喷水的花招，而强盗又来玩弄那一套，结果水刚刚喷出口，壮士的长枪就刺穿了他的脖子。

这是因为，用过了的计谋，机密已经泄露，依仗它取得过胜利而失去戒备，反而为它所害。

① 恃：依赖；倚仗。

更渡一遭

岳 珂(kē)

从前有个人得到了一只鳖,想把它煮了吃掉,但又不愿意落个杀生的恶名,于是便用猛火把锅里的水烧得滚开,再在锅上横架一根细细的竹棍,当作桥,然后信誓旦旦地跟鳖约定道:“能爬过这桥,就放你一条生路。”鳖明知主人是用诡计骗自己,但还是尽力往前爬,总算勉强地爬过去了。这时主人开口道:“你能爬过这个桥,好极了!再给我爬一趟,我还想看看。”

剜(wān)[①]股藏珠

宋　濂(lián)

海上有座宝山，许多奇珍异宝散落其中，光芒四射，耀人眼目。有个人航海到那里，得到了一颗直径约一寸大小的宝珠。乘船返回的途中，船行驶了不到一百里，狂风大作，恶浪滔天，一条蛟龙在海里上下翻腾，情形非常恐怖。船夫告诉这人："蛟龙是想要你的那颗珠子，你赶快把它扔到海里吧，不然要连累我们了。"这个人想扔却舍不得，不扔吧又觉得形势危急，于是就在自己大腿上剜了个洞，把珠子藏了进去。海浪这才平息了下来。

回到家中，取出珠子，这个人却因大腿溃(kuì)烂而死去。

---

① 剜：(用刀子等)挖。

白雁落网

宋　濂

太湖水草丰茂之处，常常有一群白雁聚集在那里。每当夜幕降临，它们总要选好安全的栖身之所。为了防备猎人的袭击，它们便安排一只雁奴站岗放哨，一旦发现有人，就鸣叫报警，这样，群雁就可以安心地睡觉了。

湖区的猎人掌握了白雁夜间行踪的规律，就点亮火把到群雁歇息的地方来照它们。担任警戒的雁奴一见火光，立即嘎嘎地叫起来，提醒同伴。这时猎人迅速把火把浸在水中熄灭。群雁被叫声惊醒，一看却没有什么异常，又都回去睡觉。就这样重复了三四次以后，群雁被吵得无法安睡，都以为是站岗的雁奴在哄骗它们，于是一齐来啄它。过了一会儿，猎人又举着火把靠近群雁，雁奴被啄以后不敢再叫了，于是猎人便将熟睡中的群雁一网打尽，没有一只逃脱。

越人溺[1]鼠

宋　濂

老鼠喜欢在夜里偷吃谷子。有个越国人把谷子装入腹大口小的容器里,任凭老鼠去吃,从不去管它。老鼠就把它的同类都招到容器里,每次都吃得饱饱的才回去。到了月底,粮食不多了,主人感到忧虑。有人告诉他一个办法,于是他就把容器里的谷子倒干净,把里面灌满了水,撒上一层糠皮漂浮覆盖在水面上。到了夜里,老鼠们又来了,高高兴兴地跳进去,结果全都淹死了。

---

① 溺(nì):淹没在水里。

迂儒救火

宋　濂

赵国人成阳堪家里失了火，想要扑灭，但没有梯子上房。成阳堪便打发他儿子成阳朒(nǜ)赶紧到奔水氏家里去借。

成阳朒不慌不忙地穿戴好衣帽，从容自得地出门。见到奔水氏，连连作了三个揖，然后登堂入室，一声不响地坐在西面的柱子之间。奔水氏连忙叫人摆设酒宴，请他吃酒。成阳朒起立，举起酒杯一点点喝着，而且还彬彬有礼地回敬主人。直到席散，奔水氏问道："您今天来到敝舍，一定有什么事跟我讲吧？"成阳朒这才开口说道："老天给我家降下大祸，火灾作祟，烈火熊熊，想要登高浇水，可惜两肋没有生翅膀，家人只能望着房屋哭号。听说您家里有梯子，何不借我一用？"奔水氏听后，急得跺着脚说："你也太迂腐了！你也太迂腐了！在山里吃饭遇到老虎，必须赶紧吐掉食物逃命；在河里洗脚看见鳄鱼，必须赶紧丢下鞋子跑掉。家里已经起了火，这是您作揖打拱的时候吗？"

说完急忙扛上梯子直奔他家，但赶到时，房屋早已化为灰烬了。

常羊学射

刘　基

常羊拜屠龙子朱为师,学习射箭。屠龙子朱问:“你想知道射箭的道理吗?”常羊说:“请您指教。”屠龙子朱就讲了一个故事:“从前,楚王到云梦泽打猎,叫手下的小官把禽兽驱赶出来供自己射猎。一时间禽兽飞的飞,跑的跑,满地奔逐。鹿奔在楚王的左边,麋跑在楚王的右边。楚王刚拉开弓要射,忽然又有一只天鹅掠过楚王的旗子,两个翅膀好像低垂着的云彩。楚王把箭搭在弓上,不知道该射哪个才好。这时有个叫养叔的大夫对楚王说:‘我射箭的时候,把一片树叶放在百步之外,射十次中十次。如果在那里放上十片树叶,那么能不能射中,我就没有把握了。’”

常羊听了,连连点头,从中受到了很大的启发。

疑人窃履

刘元卿

从前,有一个留宿在朋友家里的楚国人,他的仆人偷了他朋友的鞋拿回家里,楚国人不知道这事。正好他让他的仆人去集市上给他买鞋,仆人偷偷地把钱留下,却把偷来的鞋当作买的新鞋给了他。楚国人完全被蒙在鼓里。过了几天,他的朋友来拜访,看见自己丢的鞋穿在楚国人脚上,大吃一惊:“我本来就怀疑他,果然是他偷了我的鞋。”于是跟他断绝了交情。过了一年,事情真相查明了。那位朋友到楚国人家里,懊悔地认错说:“是我不够了解你,才错误地怀疑你,这是我的过错。请让我们和好如初吧。”

象虎

刘 基

楚国有个深受狐狸扰害的人，想尽办法捕捉，都没捉到。有人教他说："老虎是山中最凶猛的野兽，天下的野兽看见它都要吓得魂飞魄散，趴在那里等死。"于是，他叫人做了一个虎的模型，取一张虎皮蒙上，放在窗下。狐狸进来，看到老虎模型，惊叫着吓倒在地。又有一天，野猪出现在他的地里糟蹋庄稼，他又让人把老虎的模型埋在地里，而让他的儿子们拿着戈在大路上分头把守。人一吆喝，野猪在草丛里奔逃，遇到老虎模型，吓得反身跑到大路上，被捉住了。这个楚国人高兴极了，以为老虎模型可以降服天下所有的野兽。

后来，野地里出现一种样子像马的野兽，这个楚国人便披着老虎模型去了。有人劝阻他说："这是驳①呀，真虎都斗不过它，你去了必将遭殃！"他不理睬。到了野地里，那像马的动物大吼一声，冲到他的面前，把他抓起来就咬。这个楚国人头颅破裂而死。

---

① 驳：古人虚构的一种"食虎兽"，形状像马，白身子、黑尾巴。

古琴高价

刘　基

从前有位制琴技师,名字叫工之侨。一天,他得到了一段优质的桐木。经过砍削,做成了一张琴,安上弦一弹,好像金玉合鸣之声,十分动听。他自以为这是天下最好的琴了,便把它拿去献给朝廷的乐官。乐官让全国最好的乐工来鉴定,乐工说:“不古。”便把琴退还给工之侨。

工之侨把琴带回家,和漆工商量,在琴上造了许多断纹;又和刻工商量,在琴身上刻了古字款识,然后用匣装好,埋在土里。一年以后,工之侨把琴取出来,拿到市场上出售。一个富人经过时看到这琴,便用一百斤金子的高价买了下来,当作珍宝献给朝廷的乐官。乐官们互相传看,都赞不绝口:“这真是世上少有的宝物啊!”

患 在 鼠

刘 基

赵国有个人非常忧虑老鼠为害,便到中山国去求猫。中山人给了他一只猫。这猫很会捕捉老鼠,也很会捕捉鸡。过了一个多月,他家的老鼠没有了,鸡也没有了。他儿子很发愁,对他说:"何不把猫送走呢?"他说:"这个道理你还不明白?我们的患害在于老鼠,而不在于没有鸡。有了老鼠,它们会偷吃我们的粮食,咬坏我们的衣服,打穿我们的墙壁,破坏我们的器物,那么,我们就要挨饿受冻了,这不比没有鸡更有害吗?没有鸡,只不过吃不到鸡肉罢了,离挨饿受冻还远着哪,为什么要把那猫送走呢?"

鹝[1]鸟中计

耿定向

从前有个人的鱼塘，总是被一群鸬鹚(lú cí)前来偷啄鱼吃，这人十分头痛，于是就扎了一个草人：身上披着蓑衣，头上戴着斗笠，手里拿着竹竿。这人把它插到鱼塘里，用来吓唬鸬鹚们。那些鸬鹚起初只在天空回旋飞翔，不敢马上下来。后来渐渐看清底细，便飞下来啄鱼吃了。时间一长，它们还经常停驻在草人的斗笠上，安然自得，一点也不害怕。那人看到这种情况，就偷偷地撤掉草人，自己披着蓑衣，戴着斗笠，依旧站在那里。鸬鹚还照样飞下来啄鱼，又依旧停驻在斗笠上。那人一伸手就抓住了鸬鹚的脚，鸬鹚脱不了身，拼命舞动翅膀嘎嘎地叫。那人说："先前的确是假的，现在也还是假的吗？"

① 鹝：鸬鹚。

孔雀爱尾

耿定向

雄孔雀的长尾巴上，金黄和青翠的颜色交相辉映，闪烁着夺目的光芒，即使画家用五彩颜料也难以描绘得逼真。雄孔雀生性爱妒忌，虽然驯养了很久，可是一看见少男少女身着色彩鲜艳的花衣服，就一定要追上前去啄他们。在山中栖息的时候，总要先找到一个地方安放尾巴，然后才安置自己的身体。当天下大雨淋湿了它的尾巴，这时候眼看着捕鸟的人就要过来捉自己，它还是珍惜眷顾着自己的尾巴，不愿意在雨中飞走，结果就被捉住了。

猩猩嗜酒

刘元卿

猩猩是一种喜欢喝酒的动物。山脚下的人，摆下装满甜酒的酒壶，旁边放着大大小小的酒杯，还编了许多草鞋，把它们勾连编缀起来，放在道路旁边。猩猩一看，知道这些都是引诱自己上当的，它们连设这些圈套的人和他们父母祖先的姓名都知道，便一一指名骂起来。可是骂完以后，有的猩猩就对同伴说："为什么不去稍微尝一点呢？不过要小心，千万不要喝多了！"于是就一同拿起小杯来喝。喝完了，还一边骂着一边把酒杯扔掉。可是过了一会儿，它们忍不住，又拿起比较大的酒杯来喝。喝完了，又骂着把酒杯扔掉。这样重复多次，喝得嘴边甜甜的，再也克制不住了，就干脆拿起最大的酒杯大喝起来，根本忘了会喝醉这回事。它们喝醉之后，便在一起挤眉弄眼地嬉笑，还把草鞋拿来穿上。就在这个时候，山脚下的人跑出来追捕它们，结果它们乱作一团，互相践踏，全都被人捉住了。后来的猩猩也是这样被捉的。

猩猩算是很聪明的了，知晓和憎恨人的引诱，可是最终还是免不了一死，这都是贪心造成的啊！

南岐[①]之人

刘元卿

南岐坐落在秦蜀的山谷之中，那里的水甘甜但水质很差。凡是喝了这种水的人，都生了颈瘤病，所以那里的居民没有一个不得颈瘤病的。有一个外地人来到这儿，一群小孩和妇女聚过来围观，讥笑道："那人的脖子真奇怪，又细又干枯，跟我们的不一样。"外地人说："你们脖子上鼓鼓的突出，是一种颈瘤病呀。你们不去寻求好药根治你们的病，怎么反而认为我的脖子奇怪呢！"笑他的南岐人说："我们村里的人都是这样的脖子，哪里用得着治呢？"他们始终不知道自己这样是因为得了病。

① 岐：山名，在中国陕西省。

黠[①]儿窃李

xiá

刘元卿

西邻老妈妈的园中结了很多甜美的李子，怕有人来偷，就在墙根下挖了陷阱，里面放了些污秽的脏东西。有个鬼精的小子招呼他的同伴一起来偷李子。他跳墙掉进了陷阱，污秽的脏东西一直没到他的衣领处，可他还扬着头招呼墙外的同伴："快来呀，这儿有好李子。"紧接着又一个人掉进了陷阱。这人刚想出声喊叫，鬼小子急忙捂住他的嘴巴，还是"来呀，来呀"地召唤个不停。没一会儿，又一个人掉了进来，这两个人一起责骂他，鬼小子说："假如咱们三个人中有一个没掉进陷阱里，就会没完没了地耻笑我。"

① 黠：聪明而狡猾。

猫　号

刘元卿

齐奄家中养了一只猫，自认为很不寻常，便对外人说这猫号称“虎猫”。有个客人对他说：“虎的确勇猛，但不如龙神奇莫测，请给它改名叫‘龙猫’吧。”又有一个客人劝他说：“龙固然是比虎神奇，但是龙腾空的时候，还要靠云气托起，云气不是超过了龙吗？不如改名叫‘云猫’。”又一个客人对他说：“云气遮住天空，风一来很快就吹散了。云气挡不住风啊，请改名叫‘风猫’吧。”又有个客人对他说：“大风多猛烈地刮，只要用墙作屏障，便足以挡住了。风比墙怎么样呢？把它叫作‘墙猫’好了。”又有个客人说：“墙虽然坚固，但只要老鼠在那里打洞，墙就会倒塌。墙怎么比得上老鼠呢？就叫‘鼠猫’好了。”

东里老人听了，嗤(chī)笑他们说：“哎呀，猫本来就是逮老鼠的啊。猫就是猫嘛，为什么要让它失掉猫的本来面目呢？”

黠 猱[1]媚 虎

náo

刘元卿

野兽中有一种叫猱的，身体轻小而善于攀缘，爪子很锐利。老虎头痒，就让猱用爪子不停地搔，结果把虎头搔出个洞，老虎还感到很舒服，一点也没有觉得异常。猱便一点一点地掏老虎的脑子吃，然后把残剩的余渣献给老虎，说："我偶然弄到一点荤腥，不敢独自享用，拿来献给您。"老虎说："真是忠心耿耿的猱啊！为了孝敬我连自己的口腹之欲都忍住了。"老虎吃了自己的脑子，还没有察觉。时间长了，老虎的脑子被挖空了，疼痛发作，便去找猱算账。猱早已躲到高高的树上去了。老虎腾跳着，大吼了几声，便死了。

① 猱：古书上说的一种猴。

争　雁

刘元卿

从前,有个人看见一只大雁在天上飞翔,便准备开弓把它射下来,说:“射下来就煮着吃。”他的弟弟不同意,争论道:“鹅煮着吃好,鸿雁还是烤着吃好。”两人争吵不休,一直吵到社伯跟前,请他断定谁是谁非。社伯建议他们把雁剖(pōu)开,煮一半,烤一半,两人都同意了。结果两兄弟抬头再准备射雁时,那只雁早就高飞到天边去了。

万　字

刘元卿

汝(rǔ)州有一个土财主,家产很多,但是家中几代人都不识字。有一年,他聘请了一位楚地的先生教他的儿子。这位先生开始教他儿子握笔临帖。写一画,教他说:“这是‘一’字。”写两画,教他说:“这是‘二’字。”写三画,教他说:“这是‘三’字。”那孩子便喜形于色地扔下笔跑回家里,告诉他父亲说:“孩儿全会了!孩儿全会了!可以不必再麻烦先生,多花学费了。快把他辞了吧。”他父亲一听很高兴,就照他说的做了,准备好了钱打发走了这位先生。过了些时候,他父亲打算请位姓万的亲友来喝酒,让儿子早晨起来就写请帖。过了好长时间也不见儿子写完,便去催促。这孩子气愤地说:“天下的姓那么多,干吗姓万!害得我从早晨到现在,才写完五百画。”

鸲鹆[①]学舌

qú yù

庄元臣

鸲鹆这种鸟出产在南方，南方人拿网把它捕来加以训练，教它说话。日久天长，它就会模仿人说话了，可是只能模仿几句，所以整天翻来覆去的，就是那几句而已。

蝉在院子里的树上鸣叫，鸲鹆听见了，便讥笑它。蝉对鸲鹆说："你会模仿人说话，这很好。可是你所说的那些话，不曾有一句是表达自己心意的话，哪里比得上我能叫出自己的意思呢！"鸲鹆听了，惭愧得低下了头，从此以后，至死也不再跟人学舌了。

① 鸲鹆：鸟名，俗称八哥。

医驼背

江盈科

过去有个医生，自吹能治驼背，他说："无论是驼得像弓那样的，像虾那样的，还是像曲环那样的，只要请我去医治，管保早晨治了，晚上就如同箭杆一般直。"有个人信以为真，就请他医治驼背。他要来两块木板，把一块放在地上，叫驼背趴在上面，又用另一块压在上面，然后跳上去踩踏，驼背很快弄直了，人也断气了。驼背的儿子要告到官府，医生却说："我的职业是治驼背，只管把驼背弄直，哪管人死活！"

大　鼠

蒲松龄

明朝万历年间，宫中发生了鼠患，老鼠大到几乎同猫一样，危害很严重。朝廷在民间到处寻求好猫来捕捉老鼠，可是猫总是被老鼠吃掉。刚巧这时外国进贡了一只狮猫，全身毛色雪白。于是，就把这只狮猫抱到有老鼠的房子里，关上门，在暗中偷看它如何动作。猫蹲在那里很久，老鼠迟疑地从洞里爬了出来，一看见猫，就狂怒地朝它猛扑过去。猫跳到几案上，避开了它；老鼠穷追不舍，也跟着跳上来，猫于是又跳到地上。这样往复不止一百次。大家都说猫害怕了，也是个没有什么本事的东西。后来，老鼠奔跳得渐渐迟缓下来了，大肚子喘得一鼓一鼓的，蹲在地上稍稍休息。这时，猫突然猛冲下来，用爪子抓住老鼠头顶上的毛，张口咬住大老鼠的脖颈，翻来覆去地互相搏斗。猫发出“呜呜”的怒吼声，老鼠则“啾啾”地急叫。大家急忙推门进去看，老鼠的头已经被狮猫嚼碎了。

这才明白，原来猫在开初时回避老鼠，并不是怕它，而是避开锐气，等待它懈怠啊！

骂　鸭

蒲松龄

县城西面的白家庄,有一个居民把邻居的鸭子偷来煮着吃了。到了夜里,他觉得皮肤发痒,等天亮一看,全身长出了细茸茸的鸭毛,一碰就痛。他心里非常害怕,却怎么也治不好。一天夜里,他梦见一个人对他说:"你这病是老天爷在惩罚你。必须让失主骂一顿,鸭毛才能脱落。"可是邻居老人一向宽厚和善,就算丢了东西也从来不恶声恶气。这个偷鸭子的人没办法,只好骗老人说:"鸭子是某个人偷的,他最怕挨骂。你骂一顿,警告他,以后他就不敢偷了。"老人笑着说:"谁有那闲工夫去骂恶人。"始终不肯骂。这人更为难了。无奈之下只好把实情告诉了老人,老人这才骂了一顿,他的病果然好了。

牧　竖

蒲松龄

两个牧童进山，发现一个狼窝，里面有两只狼崽(zǎi)①。两人商量了下便一人捉了一只，然后分别爬到一棵树上，两树之间相距几十步远。没一会儿，老狼回来了，到窝里一看，狼崽不见了，顿时惊慌失措。这时，一个牧童在树上扭掐狼崽的蹄子和耳朵，故意让它惨叫。老狼听到叫声，顺着声音往上看，怒不可遏(è)②地狂奔到树下，嗥(háo)③叫着向树上乱爬乱抓。这时另一个牧童又在那棵树上让狼崽发出惨叫声，老狼听见后，环顾四周，发现还有一只狼崽在另一棵树上，于是丢下这里，奔到那棵树下，和刚才一样边嗥叫边爬抓树。前一棵树上的狼崽又叫了起来，老狼又掉头奔过去。就这样，不停地嗥叫，不停地奔跑，爪子不停地爬抓，老狼反复折腾了几十次，渐渐地，跑得越来越慢，声音越来越弱，然后就奄奄一息、直挺挺地倒在地上，过了好久，也不动弹一下。两个牧童从树上跳下来查看，发现老狼已经断气了。

---

① 崽：幼小的动物。

② 遏：阻止。

③ 嗥：(豺狼等)大声叫。

蜀鄙[1]之僧

shǔ bǐ

彭端淑

四川边远处有两个和尚，一个贫穷，一个有钱。穷和尚对富和尚说："我打算去南海，你看怎么样？"富和尚说："你靠什么去呢？"穷和尚说："我只要一个水瓶、一个饭钵就够了。"富和尚说："我几年前就打算雇条船下南海，到现在还没去成，你靠什么去！"

到了第二年，穷和尚从南海回来了，把到过南海的事儿告诉了富和尚。富和尚脸上露出惭愧的神色。

四川距离南海，不知有几千里路，富和尚没能去成，穷和尚却去成了。人们立志求学，难道还不如四川边境的那个穷和尚吗？

① 蜀：四川。鄙：边境。

养凫[1]搏兔

fú

冯梦龙

从前有一个人要去打猎,可是他不认识鹰隼,就错买了只野鸭,带着到野外去了。当看到一只兔子猛地蹿出来时,他立即把野鸭向空中扔去,要它去追捕兔子。野鸭飞不起来,掉到了地上。他捡起来又向空中扔去,野鸭再次掉到地上。这个人非常气愤地把野鸭扔弃在一旁。这时,野鸭一瘸一拐地走到猎人跟前,替自己辩解道:“我是鸭子呀,被人杀掉吃肉,才是我的本分,为什么要求我有追捕兔子的本领呢?”同时举起脚掌给猎人看,说:“你看这样的脚掌,有可能逮到兔子吗?”

① 凫:野鸭。

狼子野心

纪(jǐ)昀(yún)

有一个富人偶然捉到两只小狼，便把它们和家里的狗放在一起喂养，小狼和狗和平相处，相安无事。渐渐地小狼长大了，对主人也很驯服，主人几乎忘记它们是狼了。

有一个白天，主人在客厅里睡觉，忽然听见狗群发出愤怒的叫声，他被惊醒后，坐起环顾四周，并没有人来，便躺下又睡，狗群又开始狂叫。他便佯装睡着，暗中观察。原来是那两只小狼趁他睡着，想上前咬他的喉咙。狗群发出叫声，阻止狼靠近主人。

于是这人把两只狼杀了，剥下了它们的皮。

世 无 良 猫

乐(yuè)钧(jūn)

有个人很讨厌老鼠,花费重金寻觅到一只好猫。他用鲜美的鱼肉喂它,让它睡在毛毡上。猫吃得饱饱的,生活很安逸,便不愿去捉老鼠,并且还跟老鼠一起嬉戏,老鼠因此闹得更凶了。这个人很生气,于是从此不再养猫,并认为全天下根本没有什么好猫。

立　论

鲁　迅

我梦见自己正在小学校的讲堂上预备作文，向老师请教立论的方法。

“难！”老师从眼镜圈外斜射出眼光来，看着我，说。“我告诉你一件事——

“一家人家生了一个男孩，合家高兴透顶了。满月的时候，抱出来给客人看，——大概自然是想得一点好兆头。

“一个说：‘这孩子将来要发财的。’他于是得到一番感谢。

“一个说：‘这孩子将来要做官的。’他于是收回几句恭维。

“一个说：‘这孩子将来是要死的。’他于是得到一顿大家合力的痛打。

“说要死的必然，说富贵的许谎。但说谎的得好报，说必然的遭打。你……”

“我愿意既不说谎，也不遭打。那么，老师，我得怎么说呢？”

“那么，你得说：‘啊呀！这孩子呵！您瞧！多么……阿唷！哈哈！Hehe！he，hehe hehe①！’”

---

① 象声词，即嘿嘿！嘿，嘿嘿嘿嘿！

螃　蟹

鲁　迅

老螃蟹觉得不安了，觉得全身太硬了。自己知道要蜕壳了。

他跑来跑去的寻。他想寻一个窟穴，躲了身子，将石子堵了穴口，隐隐的蜕壳。他知道外面蜕壳是危险的。身子还软，要被别的螃蟹吃去的。这并非空害怕，他实在亲眼见过。他慌慌张张地走。

旁边的螃蟹问他说，"老兄，你何以这般慌？"

他说，"我要蜕壳了。"

"就在这里蜕不很好么？我还要帮你呢。"

"那可太怕人了。"

"你不怕窟穴里的别的东西，却怕我们同种么？"

"我不是怕同种。"

"那还怕什么呢？"

"就怕你要吃掉我。"

古　城

鲁　迅

你以为那边是一片平地么？不是的。其实是一座沙山，沙山里面是一座古城。这古城里，一直从前住着三个人。

古城不很大，却很高。只有一个门，门是一个闸。

青铅色的浓雾，卷着黄沙，波涛一般的走。

少年说，“沙来了。活不成了。孩子快逃罢。”

老头子说，“胡说，没有的事。”

这样的过了三年和十二个月另八天。

少年说，“沙积高了，活不成了。孩子快逃罢。”

老头子说，“胡说，没有的事。”

少年想开闸，可是重了。因为上面积了许多沙了。

少年拼了死命，终于举起闸，用手脚都支着，但总不到二尺高。

少年挤那孩子出去说，“快走罢！”

老头子拖那孩子回来说，“没有的事！”

少年说，“快走罢！这不是理论，已经是事实了！”

青铅色的浓雾，卷着黄沙，波涛一般的走。

以后的事，我可不知道了。

你想知道，可以掘开沙山，看看古城。闸门下许有一个死尸。闸门里是两个还是一个？

旅行者和海潮

冯雪峰

有一个人,挥着一根手杖在海边的沙地上漫步,觉得十分舒适。但是,不久,海潮就向他那边奔腾过来了,他非常惊慌,连忙向海岸高处奔跑;可是还怕跑不及,便又回头,拿手杖在沙地上划了一条界线,郑重地对着那滚来的海潮说:“这里是你的限度!假如你超过了这限度,那么我就要宣布你是一种侵略的潮流了。”说后重又飞似的向前奔跑了一阵,又怕跑不及,又回头在沙地上重划了界线,把说过的话再说了一遍,然后又跑。这样,他节节退让,一连划了六七次界线,提了六七次警告,最后就爬上了一个丘阜,寻到道路匆匆地回家了。

海潮在后面跟着,毫无忌惮地越过了那些界线后,也一直滚到了丘阜的下面,顽皮地笑着说:

“哈哈哈,真好玩!他一连筑了这么多道的精神防线,竟没有一道是可靠的!”

一个采白芷花的城里人

冯雪峰

白芷花是一种很名贵的花。所以,有一个城里人,某一天跑到乡间一座山上去采这种白芷花的时候,他就一直向着山顶上跑去。他自言自语说:“这种名贵的花,是一定生长在山顶上的!哪里会生在卑下的地方呢?”他跑到了山顶,就这里那里仔仔细细地寻找。不过,他总是找不到。这个城里人失望地回去了,但他非常不甘心,第二天又到乡间去,依然照原路跑上山顶去寻找。他自己勉励自己说:“它生长在山顶上是决没有错的,我应当留心找。”可是,他同样没有找到。他又失望地回去了,但他依然不甘心,第三天,而且第四天,还是跑到那山顶上去找。他坚决地说:“我非在山顶上找到它不可!”无奈他还是没有在山顶上找到白芷花。最后,他就自认失败了,说道:“算了罢,我已经不耐烦了!”就垂头丧气地一步一步下山来。却不料,就在山脚下的草丛里,他看见了他要寻找的白芷花。但是很可惜,这种名贵的白芷花又早已给他自己每天上山下山踏得稀烂了。

这个寓言,意思很明白,就是:我们不要把眼睛生在头顶上,致使用了自己的脚踏坏了我们想得之于天上的东西。

异想天开的老鼠

冯雪峰

有一个老鼠,看看一切老鼠都长着一条尾巴,而他自己也有一条,他想,这太庸俗了。因此,他下了决心,跑去请一个朋友把他的尾巴咬掉,说道:“虽然一切人都把希望寄托在一条尾巴上,但我可偏偏不要它!”那个朋友知道他的脾气,就只把他的尾巴打了一个结,哄他说是咬掉了。

老鼠想到他已经除去尾巴,认为这是出奇的新鲜作风,人们一定会给他特殊的荣誉。不过,当他摆着傲慢的态度好像一个大人物似的走到众鼠面前去的时候,他却看见一切朋友都以惊讶的眼光来看他,后来又都忍不住大笑了。那些老鼠还笑了又笑,并且议论纷纷,简直把他奚落得无地可容,他终于只得抱头逃开了。他只好又跑到朋友那里去,看有什么补救的方法。

“唉,我第一场出台,就吃了倒彩!”他非常颓丧地说,“现在我唯一的希望,是你有什么灵药使我立刻重新长出一条尾巴来,否则我简直要闹自杀的悲剧啦。”幸好那个朋友马上替他把结子解开,让他的尾巴回复到原来的样子。现在这个老鼠觉得光荣的,是他也同样有一条尾巴。

两只猴子的相互监视和一场风波

冯雪峰

有两只猴子，跑进一个桃园里去。他们首先对他们自己定出了一条禁律，说道：“要根绝猴子的偷窃行为么？那可是什么手段都无效的，假如我们猴子自己不先来约束自己。譬如说罢，我监视你，你监视我，那么，即使你我都还想偷，也就没有办法偷了。”

这样，两只猴子就都照着去做了。

一只猴子趁着另一只没有看见的时候摘了一个桃子，塞进嘴里，就立即去监视另一只。

另一只猴子也趁着这一只没有看见的时候摘了一个桃子，塞进嘴里，立即也来监视这一只。

这样，两只猴子都闭着嘴，一声不响，面对面地监视着。

而不久，他们都看出对方的毛病来了；一只猴子愤怒着，指责着对方，用鼻子说：

“唔（你）……唔（你）……”

另一只也愤怒着，用鼻子说，指责着对方：

“唔（你）……唔（你）……”

两只猴子都觉得对方太可恶，而样子又太滑稽；所以既想破口大骂，而又不禁喷笑出来了。这样，两只猴子就都从嘴里滚出了一个桃子来。

于是，两只猴子，各捧着一个桃子，相对着哈哈大笑一场之后，就重归正经，开始检举起对方的偷窃行为，用他们同时脱口而出的警句，同时唱道：

“你心里清楚，嗨！

我心里清楚，嗨！

我们嘴里可都说不清楚，嗨！”

唱过了，相对一鞠躬，各把桃子放回嘴里，各自慢慢地咀嚼着；一面说道：“我们这一场风波，嗳，解决得多么愉快！”

大山的笑

冯雪峰

大山把他的脚伸得很远，坐在那里，好像没有谁能够动得他似的。

雷和电说："我们轰他一回罢，看他怎样！"电用她的指甲在大山的胸间一划，马上显了一路火似的血痕，雷同时在大山的耳边大声狂叫，几乎震破他的耳膜；可是没有效。电再往他的脸上和胳肢窝下乱抓，雷继续狂叫狂跳，同样不能逗得他动一动。于是雹霰也跑来加入这个试验，拼命地射击着他的头、脸和身体。雨也带了大盆子来把水只是向他的头上浇，淋得他身上有两条小河从两股间哗哗地流。雪来到他的面前诱惑地轻舞，然后又扑到他的背上去，全身重重地压住他。最后，风说："你们都没用，让我来唬他罢。"风用大力，呼呼地吓他，但只见他的汗毛（那些树林）颠颠倒倒地摇动了一阵，风自己却因为用力过度，驾驭不住自己，早已吹到不知什么地方去了，大山可不曾动一动。

常有的这样的游戏过去以后，大山可是自己动起来了，因为他忽然哄笑了起来，就摇摆了一下脑袋，耸起了一下胸部和肩头。那时，云片正从他头顶上飞过，太阳也露脸了，他就转为微笑，那种越看越清明的微笑，望着远方，好像是说："大地上，经得起折磨、摧残、涤荡的东西，正多着哩，难道只有我一个么？……"

野　牛

张天翼

一群野牛过境，遇见了老虎。他们立刻排成一个圆形，脸冲外，把小牛们护在圆圈中间。他们看见有一只牛带着两个小的在旁边徘徊，就向他叫："快来参加呀！这是大家的事！"

那只牛自言自语着："我自顾还不暇呢，来管大家的事！"带着两个小的就往山谷里躲。

老虎无法攻那个圆圈阵，就扑向了山谷里的几个。那只牛越想越想不通，怎么别人都没事，只有他一家子要遭殃呢？后来忽然记起来了一层道理，他只是长叹了一声："命也夫，命也夫！"

老虎笑眯眯地说："我非常赞赏你的这种人生态度。"

狼和蚊子

张天翼

一只狼吃饱了，一面散步，一面对同类叙述他怎样扑杀几只兔子，怎样咬死一只羊。正讲得兴高采烈，忽然脖子上一阵痒。一抓，一看：一只蚊子——给弄死了。他失声叫了起来：

“啊呀，罪过罪过！阿弥陀佛，罪过！”

狐

张天翼

一只狐狸扑住一只兔子，严辞厉色地宣言：

“我看见这只兔子偷吃人家一个萝卜，生气得了不得，为世界秩序和安宁起见，决计要除此一大害。你们知道，我这是出于义愤。”

树上一个白头翁问：

“昨晚你看见老虎吃人家耕牛，你不但不生气，还满脸堆笑地对老虎打躬作揖，你的义愤是不是今天早晨刚出世的？”

习　惯

严文井

有一天,一头猪到马厩里去看望他的好朋友老马,并且准备留在那里过夜。

天黑了,该睡觉了,猪钻进了一个草堆,躺得舒舒服服的。但是,过了很久,马还站在那儿不动。猪问马为什么还不睡。马回答说,他这样站着就算已经开始睡觉了。猪觉得很奇怪,就说:“站着怎么能睡呢,这样是一点也不安逸的。”

马回答说:“安逸,这是你的习惯。作为马,我们习惯的就是奔驰。所以,就是在睡觉的时候,我们也随时准备奔驰。”

老虎从来不吹牛

韶　华

小老鼠、小白兔、大公鸡讨论它们之间谁最厉害的问题，便一起吹起牛来。它们越吹越凶。都说自己在世界上最厉害。

老鼠吹牛说："我最厉害，有一次和大象决斗，我钻进它鼻孔里，咬得它直叫饶命！对于我，连大象都不在话下，岂有他哉！"

白兔对小老鼠说："你这个小地豆子，论体重只有我的二十分之一，也敢在此逞能！我是三次马拉松赛跑冠军的获得者，还创造了世界纪录，连赛跑能手猎豹都惧我三分！"

大公鸡说："你们都给我住嘴！俗语云'雄鸡一唱天下白'，太阳都按我的叫声出来，连人类也听我的指挥，按我的命令起床工作，因此，老子天下第一！"

它们正在吹牛，旁边的草丛中躺着一只老虎。它似睡非睡，似醒非醒，听了它们的话，闭目微笑。过了一阵，老虎忽然打了一个呵欠，不自主地说："好困呀！"

老鼠、白兔、公鸡一看，无不抱头鼠窜……

自卑才吹牛，真正的强者是不去吹牛的。

浮　云

仇春霖

黎明，破晓的晨风吹散了轻纱似的薄雾，在东方展开了一幅瑰丽的图画。云海深处，朝阳射出万道金光，云彩被染红了。金色的波澜，在天空中翻腾、闪耀，光彩夺目，变幻无穷。

这是多么美丽多么诱人的景色啊！人们赞美着朝霞，诗人们为他写下了感人的诗篇，画家们把他画成了美丽的图画，音乐家们为他唱起了赞歌……

在人们的赞美声中，有一片浮云被激动得不安分起来了。他想："我可不是一片普普通通的云呀！"他不愿意再躲在地平线的边缘上了，他要飘到天空中间去，要让世界上所有的眼睛都能看到他。于是，这片浮云飘荡了起来，直向蓝天的中央飞去。

但是，当他离开了朝阳的照耀，便突然失去了光辉，变得暗淡起来。这时候，他才觉察到自己丢掉了什么。回头看时，啊，原来背上那件金光灿灿的披肩早已不见了！再向东方望去——太阳正在人们的颂歌声中冉冉上升，原来是她那辉煌的光芒，透过云层，才织成了灿烂的朝霞。

这片浮云羞愧地垂下了头。一阵轻风飘过，把他吹得无影无踪，谁也看不见他了。

两条小鱼

薛贤荣

一条小鱼慌慌张张地在水里游,迎面碰见另一条小鱼。

“别拦着我,让我赶紧游过去!”

“出了什么事呀?”

“太可怕了!我的一个兄弟,刚才被大鱼吃了!要不是我跑得快,早就没命了!我得赶紧到浅水处找个洞,一头钻进去,从此再也不出来了,就死在里面算了!”这条小鱼说,“我劝你也赶紧躲一躲吧!”

“生活的确很残酷,但你不用如此惊慌。你瞧瞧那些大鱼,不都是小鱼长成的吗?在它们成长的过程中,也像我们一样遇到过种种危险;换句话说,如果那些大鱼从小就躲进洞中,那是长不成大鱼的。”

“嗯,你说的有点儿道理。那依你说,我们该怎么办?”

“勇敢生活,快快成长!”

“好,听你的,不躲了!”

于是,两条小鱼勇敢地游向深水处。

木偶探海记

刘　征

木偶想测量大海的深浅，
他到海上考察了一番。
回到海滩上召开大会，
向听众介绍他探海的观感：

“人们常说海是很深的，
其实，这是不可靠的传言。
我在海上走了几千里地，
海水只能没过我的脚面。
我躺在海上东摇西晃，
海水也只能沾湿我的后肩。
我生怕自己的体验不可靠，
还特地观察了海鸥和海燕，
他们从高空俯冲下来，
浪花也只在胸脯下轻轻飞溅……”

话没说完，全场乱起来了：
老蚌掩着嘴唇哧哧地笑，

螃蟹举起大锤咚咚地敲，
连沉默的石子也又蹦又跳。
木偶直气得浑身发抖，
用手拍着讲台大声叫道：
“你们为什么不好好听讲？
你们为什么乱吵乱闹？
难道我没有到海上去考察？
难道我的见解是主观臆造？”

怎么能跟木偶说得清楚呢？
一个简单的道理他不知道：
要获得真知就要深入下去，
浮在表面上什么也得不到。

破旧的小木桥

钱欣葆

大山的山谷里有一条河,河上有一座破旧的小木桥。桥上的木板已掉了许多,桥的一根柱子已快断裂了。

毛驴在晃晃悠悠的桥上走过,埋怨道:"这桥坏了很久了,这样下去很快会塌掉的。"

黑熊在吱吱嘎嘎响的桥上走过,愤愤地说:"桥坏成这个样子也没人来管,没人来修。"

猴子在百孔千疮的桥上走过,叹了口气说:"现在大家都只顾自己,竟没有谁肯来修桥!"

毛驴、黑熊、猴子每天走过这座破木桥,每次经过时都要发表一番议论。

一日突然狂风呼啸,下起了倾盆大雨。毛驴、黑熊、猴子急忙往家里奔,一齐奔上了摇摇欲坠的破木桥。走到桥中间,桥轰隆一声塌入河中。

毛驴、黑熊、猴子爬上岸来,冷得瑟瑟发抖,嘴里还喃喃地说:"动口议论的多,动手干的少,我们倒大霉了。"

狐狸和狗

孙传泽

一只惯会偷鸡的狐狸买通了一只看门狗,以后,那只狗一直给狐狸偷鸡提供各种方便。狐狸呢,自然也不亏待它,常常给狗一些残羹剩饭。每逢狐狸大口地吞吃鸡肉,看门狗在一边啃着鸡骨头的时候,它俩总是一副亲亲热热的样子。

一天,狗忽然对狐狸说:“和您交了朋友,真是我的荣幸。我想,您既然这么看重我,那我干脆到您门下去守门算了。您欢迎吗?”不料,狐狸却说:“咱们还是维持现在这种关系吧!你到我的门下守门,那我可受不了。再说,我也绝不会干那种傻事的!”

“那是为什么呀?”狗感到非常意外地问道。

狐狸眯起了一双眼斜睨着它,回答说:“因为你不忠于职守,专门替外贼帮忙;哪个当你的主人,哪个就必然倒霉呀!”

淤泥中的“珍珠”

马　达

在挖渠中，从淤泥中挖出来一颗“珍珠”。有人把它拾起来，在浑浊的水中冲了冲，淤泥冲掉了一些，但仍然是灰暗的。有人说：“这么灰暗，不可能是珍珠，大概是鱼眼睛吧！”有人说：“我看像孩子们玩的玻璃球！”

有人说：“我看是好看的圆石头！”

拾到“珍珠”的人听人们都这样说，觉得它毫无价值，只会招来人们的讥笑，就随手把它远远地扔到山谷里去了。

看蜘蛛织网

韦　伟

雨后,空气变得格外清新。一位老者立在巷口看蜘蛛织网。只见蜘蛛吐着白白的细丝,像是荡秋千一样荡过来、荡过去,一刻不停地忙碌着。一会儿,一阵风把蜘蛛织的网吹坏了。但蜘蛛毫不气馁,又重新织了起来。

这时,一个人走了过来。他看了一会儿说:"蜘蛛真傻,偏要在这个风口织网。织起来又被风吹坏了,不知要织到什么时候。即使织成了也是守株待兔,未必能捕捉到虫子。"

他刚走,又来了一个人。他也看了一会儿蜘蛛织网,赞不绝口:"这蜘蛛就是了不起,锲而不舍、持之以恒,可敬可爱!"

……

老者感叹道:"任何事情都有它的两个方面,看你从什么角度看问题。"

两兄弟

梁临芳

有两位好朋友结为义兄弟，他们家口、家底及收入均相当，可是不知什么原因，哥哥的日子越过越富裕，弟弟的日子越过越贫穷。

弟弟心里很纳闷。这天一大早，他就跑去向哥哥请教过日子的诀窍。

哥哥仔细琢磨了一会儿，同意了，叫弟弟来到后院井边按他的要求打水，打完了水再告诉他过日子的方法。

哥哥交给弟弟两只水桶，叫弟弟用有底的水桶打上水倒在没底的水桶里，待没有底的水桶装满了才能回家来。弟弟心里很奇怪，明知没有底的水桶装不满水，但既然哥哥说了，就只好照办。

弟弟用有底的水桶打上满满一桶水，可是倒进没有底的水桶，瞬间就漏光了。打到天黑他才回家把这件事告诉哥哥。哥哥二话没说，只是叫弟弟明天再来。

次日，哥哥又让弟弟到井边打水，这次反过来用没有底的水桶打上水往有底的水桶里装。弟弟心里仍然感到很奇怪：这还不是仍然打不满水吗？可是既然哥哥说了，他只好照办。

弟弟用没底的水桶打水，每次都能带上一点点水，装在有底的水桶里。打到天黑，倒水的次数多了，有底的桶居然盛满了水。

弟弟高兴极了,急忙跑来告诉哥哥,并叫哥哥快告诉他过日子的办法。

哥哥大声笑着说:“办法不是已经告诉你了吗?你把打水作为家庭经济收入,把装水作为家庭生活开支想一想嘛!”

弟弟把打水跟过日子联系起来一想,恍然大悟,说:“知道了,知道了,过日子光靠勤劳还不行,还一定要重视节约!”

鼹鼠斗大象

邱国鹰

北山森林的大象想抢占树茂林密的南山森林，他气势汹汹闯了过去，厚足掌一跺，草地陷下一片；长鼻子一卷，小树连根拔起；老虎和他交手，被尖象牙戳伤了后背，逃了；豹、狼自知不是他的对手，溜了。大象见没有再敢和他作对的，十分得意。

不料，一只小鼹鼠挡在前头，尖声细气地喊道："站住，不得在这里撒野！"

"嗬，小小东西，口气倒不小哇。"大象根本不把他放在眼里，抬起足掌狠狠踩了下去。鼹鼠灵巧一跃，跳到了大象的背上。大象气得大耳朵直竖，甩动长鼻子用力向背上打去，只听鼹鼠吱的一声没了踪影。大象一声冷笑："哼，小东西自己前来送死，活该！"

大象的话音未落，耳朵里传出鼹鼠的声音："好，这地方宽敞，既避风又挡雨，就在这儿做窝安家吧。"说着，一边在大象耳朵里又搔又挠，一边还直往里钻。大象先是觉得耳朵痒，继而感到头发痛，再后来是一阵阵钻心疼。可是鼹鼠躲的这部位，足掌踩不到，尖牙戳不着，长鼻子也用不上，大象只是干发火。

大象怒不可遏地喝道："小东西，你什么地方不能去，干吗在我的耳朵里做窝？"

鼹鼠反问："那你在北山森林住得好好的，为什么要霸占这儿?”

鼹鼠直往大象耳朵内钻,大象疼痛难忍,实在熬不住了,只得服输,说:“好,好,我回去,你赶快钻出来,求求你了。”

大象不情愿地往回走,走了几步,转身问鼹鼠:“我不明白,连老虎、花豹这些大个头都逃的逃,溜的溜,你又何必呢?”

鼹鼠吱吱一笑,说:“这有什么不明白的?我爱自己的家园,保卫家园,分什么大小!”

大象愣了。他回头看了一眼树茂林密的南山森林,垂头丧气地走了。

小刺猬

彭万洲

枣儿熟了,落到地上,像一颗颗红宝石。

小刺猬打了一个滚儿,背上就像插满了糖葫芦。它高兴地把枣儿送回家,妈妈笑着说:"宝宝真聪明!"

又有一次,小刺猬来到田野上,看见满地的大西瓜,它高兴极了,心想:把大西瓜搬回家请妈妈吃吧。它朝着大西瓜碰过去,扑哧一声,小刺猬钉在了大西瓜上!

妈妈好不容易才找到小刺猬,把它救下来,说:"孩子,遇事得动脑筋哪,照老办法做事可不行!"

虾的长枪

俞春江

虾扛着长枪在水里游弋。那是一支多么厉害的枪啊。除了尖尖的枪头外,这支长枪上还装着许多锋利的锯齿呢。

佩戴着这样一件武器,再加上全身银亮的盔甲,虾显得神气十足。

“多么威风啊!”虾对自己的打扮十分满意,“这才是一名水族战士的风采!”

这样想着,再看看身边的伙伴可就差多了。

“就说你小鱼吧,太无能了,太软弱了。竟然一件武器都没有!瞧你身上那层薄薄的鳞片管什么用啊?”

“还有你乌龟!个头倒不小,可怎么老是背着一副乌龟壳!动不动就往壳里钻。你知道战斗的道理吗?你认识勇敢这两个字吗?”

面对虾的质问,大伙无言可答。是啊,虾看起来是多么威风呀。

就在这时候,一只凶猛的黑鱼游了过来。它张着嘴巴,露出了满嘴的牙齿。虾一看,知道大事不好,它急忙收起长枪,将身子一纵,顿时逃得无影无踪。

——相对于外表和语言来说,行动往往更能说明问题。

爱面子的乌鸦

汤礼春

森林里的鸟儿原来都不会唱歌。有一天从很远的地方飞来了一只很会唱歌的云雀，她的歌声那么委婉动听，感动了森林里所有的鸟。所有的鸟一致要求云雀教她们唱歌。云雀答应了。

开始教歌的第一天，云雀首先教音符。她教一声，大家就唱一声。教了一会儿，云雀为了检验学生们学习的情况，就一个个地点名叫她们起来唱。第一个点的是乌鸦。乌鸦红着脸，扭扭捏捏地站了起来，不好意思地低声发出了声音。由于她的羞涩，发出的音符走了调，大家一下哄堂笑了起来。这一来，乌鸦更羞得脸红脖子粗，她暗地里想："嗨！多丢人呀！丑死了！"云雀制止了大家的笑，为了纠正好乌鸦的发音，她叫乌鸦大声再唱一遍。乌鸦却想："这不是存心丢我的面子吗？我才不愿再丢丑呢！"她一声也不吭，恨恨地飞走了。

云雀只好接着点其他的鸟来唱。其他的鸟头几次发音也走了调，大家也同样地笑话；但却都没有像乌鸦那样飞走，而是总结经验耐心地学了下去。

后来，所有的鸟都学会了唱歌，唯独乌鸦到现在还不会唱歌。

爱面子的人是学不到本领的。

信　心

陈忠义

天鹅妈妈有两个孩子。

有一天,他们哥俩在天鹅湖边玩,不幸被猎人用网捉住,关进笼子里。饿了,猎人捉来小鱼虾给他们充饥;渴了,猎人送来甘甜的湖水给他们解渴。

吃饱喝足后,弟弟就在太阳底下舒服地晒太阳,睡大觉。哥哥劝他说:“兄弟,别睡了,还是锻炼锻炼身体吧。否则,将来就上不了蓝天了!”

弟弟不耐烦地说:“哥哥,我们现在生活还不错,又被关进笼子里,还是死了这条心吧!再说,这么小的笼子能飞起来吗?”

哥哥又耐心地说:“只要信心不死,机会总会有的!现在即使不能展翅高飞,但在笼子里迅跑一阵,或扑腾扑腾翅膀也好啊!”

时间一天一天过去了,弟弟的翅膀慢慢退化变小,哥哥的双翅练得更有力了。

有一天,猎人喂食时,忘了关笼门。哥哥见机会来了,忙喊:“兄弟,快跑!”说罢,展翅飞上蓝天。弟弟虽也跑出笼门,可扑腾扑腾翅膀,就是飞不起来,又被猎人捉回笼中。

后来,哥哥成了鸟类旅行家大雁,弟弟成了家鸭。

每当大雁整齐的队形飞过天鹅湖时,鸭子总要抬头羡慕地问:

“哥哥,我俩本是一母同胞的兄弟,为什么现在处境截然不同呢?”

大雁意味深长地说:“兄弟,妈妈只能给我们生命,而路却要由我们自己走啊!”

两只熊

许润泉

一天,黑熊偷吃了猴子种的蜜桃,不小心把蜜桃种子咽进肚子里了,它非常惊慌,担心种子在肚子里发芽,长出蜜桃树,要把肚子胀裂开来。

它越想越发愁,饭吃不下,觉睡不着,日夜不安宁。

白熊知道了,笑着说:"不要紧,书上说过,任何植物都离不开水,只要你以后不喝水,蜜桃树就长不出来,即使发芽,也要干死。"

黑熊听了连连点头。从此,它再也不敢喝水。嘴唇烧焦了,也不敢喝水,不久就渴死了。

父 母 心

刘毅新

一只猫不请自来，搅乱了群鼠的露天联欢会。

母鼠跑着跑着，发现孩子没跟来——幼鼠不懂事，竟将猫当作朋友，玩起了游戏。

母鼠就勇敢地朝猫走去。

别的鼠见她反向而行，面无血色道："她疯了，前面是最凶残的敌人！"

母鼠会不知道？但那里有她的孩子，她别无选择！

公鼠风风火火地赶来，对母鼠说："孩子更需要妈妈，我来！"

母鼠没走，在一旁准备帮助丈夫。

猫撇下幼鼠，轻蔑地看着他们。

公鼠像发怒的雄狮，高高跃起，一下落到猫背上，照着对方致命的脖根处，就是狠狠一口。

猫连惊带痛，大叫："救命！……"

猫的同胞来了不少，可全被这天方夜谭般的一切给吓住，不敢向前。

猫摇头晃屁股，想甩掉公鼠，可公鼠镇定自若，紧紧抓住猫的皮不放，跟长在一块似的；面对猫伸过来要拉下自己的利爪，他也不畏惧，张嘴就咬。……一会儿猫就被公鼠结果了。

随后，两只鼠从容地带走了孩子。

趋利避害是人之常情，为了孩子，我们的父母却会趋害避利！可怜天下父母心！

狐狸的遗言

马长山

夜深了,村子里漆黑一片,只有鸡舍的一角还有一丝微光。原来是一只大公鸡正在秉烛夜读。

一只狐狸轻轻地溜进了鸡舍的门。它双眼紧盯着埋头苦读的公鸡,嘴里流出了口水。

“再有半分钟,我就可以抓到你了。”狐狸得意地想着,“真是个书呆子,已经死到临头了,还一点儿也没有察觉。”

狐狸一点儿一点儿地往前蹭……突然,狐狸扑通一声掉进了一个陷阱里。公鸡哈哈大笑了几声。几条大黄狗冲进鸡舍,把垂头丧气的狐狸抓了出来。

“明日午时斩首!”公鸡朝狐狸挥了挥翅膀。

“我……能否给我的家眷留下几句遗言?”狐狸有气无力地问。

“遗言?但留无妨。”公鸡等着狐狸的下文。

“请转告我的妻小,”狐狸流着眼泪说,“一定要当心爱看书的动物!”

孤芳自赏的圆规

海代泉

圆规在白纸上用一只脚站定,用另一只脚旋转了一圈。它满意地欣赏自己的脚印,不禁对身旁的尺子夸耀说:“你看,我的脚印多么美呀,谁也没有我走得这么圆了。”

尺子诚恳地说:“不要老是欣赏自己的脚印,不要老是回顾自己走过的路,而应该勇往直前。否则将永远封闭在原处。”

小马过河

彭文席

有一座小山旁边,住着一匹老马和一匹小马。小马整天跟着妈妈,从来不肯离开一步。

有一天,妈妈对小马说:“宝宝,你现在已经是个大孩子了。你能帮助妈妈做点事吗?”

小马点了点头说:“怎么不能呢! 我可喜欢做事啦。”

妈妈听了,高兴地笑着说:“宝宝真是好孩子。那么,你就把这袋麦子背到磨坊里去吧。”

妈妈说着,就把一袋麦子放在小马的背上。

小马试了试,一点儿也不重。可是小马对妈妈说:“妈妈,你跟我一块儿去好吗?”

妈妈说:“怎么,妈妈要是能够跟你一块儿去,还要你帮什么忙呢? 快点去吧,早去早回,妈妈等着你吃饭。”

小马独个儿背着麦子向磨坊走去。

从小马的家到磨坊,要蹚过一条小河。小马走到小河边,看见河水挡在前面哗啦哗啦地响着,心里有点怕了。“过去呢,还是不过去呢? 妈妈不在身边,怎么办啊?”小马想着,就回过头去朝后望。他想这时候妈妈跑来就好了。

可是他没有看到妈妈的影子,他只看见老牛伯伯在河边吃草。

于是小马连忙嘀嗒嘀嗒地跑过去，问牛伯伯："牛伯伯，请你告诉我，我能过河去吗？"

牛伯伯回答说："水很浅哪。还不到我的小腿那么深，怎么不能过去呢。"

小马听了，立刻就朝小河跑去。

"喂！慢点跑，慢点跑！"

咦！是谁在说话呢？

小马停住脚抬头一看，原来是一只小松鼠。

小松鼠蹲在一棵大松树上，摇着大尾巴，对小马说："小马，你可别听老牛的话。水很深，一下水就会淹死的！"

小马问松鼠："你怎么知道水很深呢？"

小松鼠说："我怎么不知道呢。昨天，我们的一个同伴过河，就给大水冲跑了！"

小马说："那么牛伯伯为什么说水很浅呢？"

小松鼠说："浅？浅，怎么会把我们的同伴冲跑了呢？你可别听老牛的话！"

小河里的水到底是深呢，还是浅呢？小马没有主意了。

"唉！还是回家去问问妈妈吧。"小马甩了甩尾巴嘚嘚嗒嗒地又往家里跑。

妈妈看见小马回来了，奇怪地问："咦！你怎么就回来了呢？"

小马很难为情地说："河里的水很深，过……过不去……"

妈妈说："怎么会很深呢？昨天小驴叔叔还到河那边驮了好几趟柴呢。他说河水只齐到他肚子那儿，很浅。"

"是这样……老牛伯伯也说水很浅。他说只到他小腿那儿……"

"那么你为什么不过去呢？"

"可是……松鼠说……水很深，昨天，他的一个同伴过河，给

河水冲走了。”

“那么到底是深呢，还是浅呢？你仔细想过他们说的话吗？”

“想了一下，可是没有仔细想，不知道他们俩谁说得对。”

妈妈笑了。妈妈说：“你现在仔细想想看，牛伯伯有多高多大，小松鼠又有多高多大；你再把小松鼠和你自己比一比，你有多高多大，小松鼠又有多高多大，你就知道能不能过河了。”

小马听了妈妈的话，高兴得跳起来。他说：“明白了，明白了，河里水不深，我过得去。唉！我刚才怎么不仔细想想呢！”

小马说着，就连蹦带跳地朝河边跑去。

小马一口气跑到河边，立刻跳到水里。河水刚好齐到小马的膝盖，不像老牛伯伯说的那么浅，也不像小松鼠说的那么深。

小马背着麦子，很快活地蹚着水，扑通扑通地过了河，到磨坊去了。

车轮和陀螺

徐强华

一只金色的陀螺滚到一只乌黑的车轮旁边。它踮起小小的脚尖问车轮："喂，黑不溜秋的大家伙，你有什么能耐呀?"

"旋转。"车轮答得很干脆，"漂亮的小弟弟，听说你的本事也是旋转，对吗?"

"对呀!"陀螺趾高气扬，"我旋转快如飞，世界称第一。一分钟能旋转几千次，一个钟头旋转的次数，恐怕比天上的星星还要多哩！你呢，我的黑家伙?"

"我嘛，一分钟大约旋转几百次，一个钟头不过两万多次。"车轮说。

"俗话说：'不怕不识货，就怕货比货。'看来，我比你强多了！哈哈哈，我比你强多了!"陀螺显得十分自负。

车轮轻蔑地瞥了陀螺一眼："强多强少，得看实质。"

"你这话是什么意思?"陀螺疑惑不解地问。

车轮说："我旋转一次，就前进一大步；不断旋转，就不断前进。你旋转快如飞，我远远比不上。但尽管你旋转的速度很快，频率很高，却始终没离开过原地哪!"

大　海

陈乃祥

浩瀚澎湃的大海，紧紧地包围着贴在地球表面的几块陆地。

“你看，”大海拍拍陆地说，“我是多么巨大，你是多么渺小！”

“你在胡说什么！”陆地猛地推一下大海，生气地反驳说，“难道你是悬在空中的大气吗？请仔细看看，你究竟躺在谁的怀里！”

治伤妙法

柯玉生

有一个人,触犯了国王,国王吩咐侍卫,重重地鞭打他一顿。打得他皮开肉绽,腿上、屁股上,没有一块好的地方。他去求医,医生告诉他:在伤口上敷些马粪,就不致溃烂,可早日愈合。

一个呆子得知了这件事,心里暗暗高兴。他想:"我真走运,没付任何代价就学到了治伤妙法!"

呆子回到家中,把儿子叫到跟前说:"我学到一个医治鞭伤的妙法,现在你帮我验证一下。"边说边脱去上衣,吩咐儿子拿鞭子使劲抽打自己。呆子咬牙忍痛承受鞭打,直到皮破血流才让住手。然后,呆子再将马粪敷到伤口上去。

果然,呆子的伤口没有溃烂,妙法得到了证实。他扬扬自得,以为自己聪明,却不知好好的皮肉已经平白无故地吃了一顿苦头。

麻雀求证

干天全

麻雀对自己“叽叽喳喳”的歌声是十分满意的，但鸟儿们会不会公认自己的歌声好听呢？麻雀想证明一下这个问题。

麻雀去找猫头鹰，猫头鹰回答说：“好听，比我的歌声好听。”

麻雀去找乌鸦，乌鸦回答说：“好听，比我的歌声好听。”

麻雀去找秃鹫，秃鹫回答说：“好听，比我的歌声好听。”

麻雀很得意，无论飞到哪里都叽叽喳喳地高声唱着。

这天，麻雀正在一棵松树上唱着，旁边的松鼠大声喊道：“别唱了，太难听！”

“什么，太难听？我专门问过猫头鹰、乌鸦、秃鹫，它们谁都说我唱得好听。”麻雀不服气地对松鼠瞪起两只小眼。

松鼠说：“你为什么不去问夜莺或百灵呢？”

“用得着吗？难道问了那么多鸟都不能证明我的歌声好听，还要我把天下所有的鸟儿都问完吗？”

眼睛、嘴巴、耳朵的对话

王广田

眼睛:“世界上只有我最诚实,所以人们把我誉为心灵的窗户。我绝不会像嘴那样随意撒谎,随意夸大,歪曲事实,或把黑的说成白的,把白的说成黑的;也绝不会像耳朵那样轻信谣言,好听花言巧语,不务实。常言道‘眼见为实,耳听为虚’便是对耳朵这些毛病的最好的批评。”

耳朵听后愤怒地驳斥道:“没有我,谁也别想听到美妙的音乐!只有我,才能给人们的心灵插上音乐的翅膀,让它向着光明的太空飞翔!我不像你,常常看不清脚下的道路,有时还把好人当坏人,把坏人当好人,所以怎能不让人们说你是‘睁眼瞎子’,说你是‘有眼无珠’呢?!我也不像嘴那样粗俗,整天只知道贪吃,动不动就骂人,有时还把大堆大堆的脏话倒在公共场合。”

“哼!”嘴巴火冒三丈,“你们这两个狗东西高高在上,日日夜夜压迫着我,眼睛瞧不起我,耳朵面对着虚空一副高傲的样子,可是,别看我处在下层,生命最需要的营养和水分都是由我提供的,而你们,游手好闲,到处打听别人的隐私,偷看花与花的接吻,真是可耻到了极点!”

它们三个争吵得正激烈,突然听到嚓啦一声。它们被这一声惊吓得立刻停止了争吵,慌忙缩回到内心。

回到内心后，它们发现心灵正举着一把利剑准备自杀。

“大王，大王，求求您，千万不能这样做啊！”眼睛、耳朵、嘴巴一起向前跪下乞求心灵道。

“听到你们刚才的争吵，我如乱箭穿心！你们之间的相互指责其实就是对我一人的指责，我已知道我有许许多多的缺点，犯下了许多不可饶恕的罪孽，所以我不想活了，我要死！”

“大王，大王，难道您没有听到我们对自己的赞美吗？其实您也有许许多多的美德和许多铺天盖地的功劳，所以，您是没有理由不活下去的。”

听了它们三个的劝告，心灵的眼前顿时出现了一片明亮。它收回了自己手中的利剑，并对眼睛、嘴巴、耳朵说：“好好，我不死了，但是，今后你们一定要改掉自己的所有缺点，多做好事，同时希望你们今后都要在自己的位置上各司其职，相互配合，再不能发生争吵现象了。”

心灵的话音刚落，生命就变成了一片欢呼！

爱埋怨的脚

孙三周

一个人的脚来到上帝面前，埋怨道："上帝啊，你做事太不公平了！为什么要让我们两只脚一天到晚在地上走路，而让两只手高高在上、悠闲自在呢？"

"脚先生，这是你的职责呀！"上帝说。

"不，难道我们脚除了走路就不能干别的事了吗？我们要平等！我们要公平！"

"那好吧，脚先生，你去做章鱼的手吧。"上帝满足了脚的要求。

"哼！我才不愿意一天到晚泡在水中呢——你要淹死我呀？"脚生气地说。

"可是，除了章鱼，还有谁需要更多的手呢？"上帝问道。

"那我还做脚吧——但是不能做人类的脚，我只要公平！"脚回答。

"那你就去做小毛驴的脚吧——他的四只脚是绝对平等的。"上帝说。

"不行的！小毛驴整天替人类背东西，累死了！"听了上帝的话，脚一个劲地摇头。

"那你去做老黄牛的脚，好吗？"上帝又问。

“不行的！老黄牛整天忙着耕田，把脚底掌的皮都磨破了，痛死了！”脚不同意。

“那你去做羚羊的脚吧。”上帝说。

“不行的！那太危险了，早晚会被狮子吃掉的！”脚更加不同意。

“那你就去做狮子的脚，怎么样呀？”上帝又问。

“不行的！狮子一天到晚追捕猎物，累死了！”脚还是不同意。

这时，上帝有点不耐烦了，直接安排脚先生去做猪的脚，并且对他说：“脚先生，据我所知，世界上什么事都不做的只有猪了，你去做他的脚吧，那里一定很适合你的。”

脚高兴地接受了上帝的安排——因为他得到了一份既平等又轻松的工作。

可是，没过几天，脚又开始埋怨了——整天被插在烂泥和猪粪中，又臊又臭，哪像做人类的脚，一天到晚躺在鞋子里，多舒服呀！

蜻蜓的劝导

蓝芝同

蜻蜓劝导蜜蜂道:“你们最好还是把蜜搬到露天去酿吧,整天关在房里,谁知道你们在干些什么呀?”

蜜蜂回答说:“我们的工作可不是摆花架子,而是拿出香甜的蜜来。”

登　高

金雷泉

动物王国里有一座山峰，高耸入云，非常险峻。动物们都想爬上这座高峰，一览众山小，可是许许多多的攀登者都以失败告终。有一只坚强的羚羊下定决心，历尽艰辛，终于登上了最高峰。站在高峰上，欣赏着云峰、雾海、周围大大小小的山峰和远处波澜汹涌的大海，羚羊自豪极了，他是第一个爬上高峰的动物，将永远载入动物史册。

突然，羚羊想到：如果再有别的动物爬上这座高峰，出现第二个、第三个……我的地位不就要受到威胁了吗？想到这里，羚羊用尖锐的角把刚才攀山时的垫脚石全挑下了山崖，使四周变得光秃秃的。看到动物们再也爬不上来了，羚羊得意地笑了：哈哈，我将永远是天下第一！

从此，再也没有别的动物攀上这座高峰了，同时，这只第一个攀上山峰的羚羊待在孤峰上，再也没有下来。

啄木鸟医生

冰　子

春天的森林里鸟语花香，绿树成荫，一切显得那么富有生机和活力。

有一棵大树却叶子发黄枯萎，精神不振，显然是病魔缠身。

住在这树上的喜鹊发现后，想起该树去年生病时是啄木鸟给医治的，啄出几条大虫后，逐渐恢复健康，枝叶开始茂盛。它就马上飞去请啄木鸟医生快来医治。

啄木鸟心想:“这树是我医过的老病号,肯定又是患了老毛病。”

于是,它便不假思索地飞到树干左边,“笃笃笃”啄开个大窟窿,但找不到一条虫子;再转到右边,“笃笃笃”啄开个大窟窿,也找不到一条虫子。啄木鸟硁硁自信地对喜鹊说:“没治了。我啄木鸟治病,嘴到病除,举世闻名。我已尽最大的努力,却没抓到一条虫子,可见‘虫’已入膏肓,无药可治。我啄木鸟治不了的病,别人也甭想了。你还是赶快迁居吧!”

喜鹊果然相信它的话,不去请别的医生,让大树慢慢死去。

大树在临死前叹息地说:“我今年是根部腐烂,怎么能像去年一样在树干动手术呢?庸医啊……”

那种自诩有一套独一无二的本领可以解决一切,唯我独尊,用老办法去解决新问题,且不反省自身问题的人,也像啄木鸟医生之类,可以害死人。

樵夫和大树

张孝成

一位樵夫问一棵大树:"你到底有多大岁数?"

"我已经一百岁啦。"大树笑答。

"一百岁?你难道比我还大?我不相信!"樵夫一脸疑惑,"我才活了九十岁啊!"

"我确实是一百岁。"大树平静地重复。

"不,我就是不信!"樵夫说完就挥起斧头锯大树。

很快,大树被锯倒了。

樵夫一看大树的年轮——此树果然是一百岁。

樵夫这回彻底相信了。

躺在地上的大树痛苦地呻吟:"你为了证实我的年龄,竟然把我的性命给夺走了!"

喜欢过日子的青蛙

邱来根

夜深人静,青蛙还在不停地唱着自己喜欢的歌。

“真是名副其实的乐天派。”一只螃蟹说。

“整天重复着同样的老调,烦死人了,还乐天派呢!”田鼠愤愤地说。

螃蟹打断田鼠的话:“我不这样认为,青蛙每天在这种环境下,能够保持愉快的心情,从不抱怨生活,是值得我们学习的。”

“有什么好高兴的,住在这荒郊野外,在闷热的稻田捕捉飞虫充饥……”田鼠仍然没好气地说。

听到田鼠和螃蟹的争论,青蛙停止了唱歌,劝告田鼠:“请别抱怨生活,更不要干预别人的生活。”

“我可没有你这样的好心情,整天为生计奔波,提心吊胆过日子,能不抱怨生活吗?”田鼠不耐烦地反问。

“不,实际上并不是生活亏待了我们,而是我们对生活企求太高,以至忽略了生活本身。”

“哇哇哇,呱呱呱……”

青蛙说完,又去唱自己的歌了。

想吞天池的老虎

王伯方

一只东北虎，非常狂妄。

他遇见一只漂亮的鹿，说："我要吃掉你！"

鹿说："不行呀，我在长白山天池边上土生土长，是吸吮了天池的'天、地、山、水'之精华而修炼成的仙鹿，你吃不了！"

"笑话！天、地、山、水我都吃过，还吃不了你这只小小的鹿？"虎得意地说。

"你吃过天？"鹿问。

"噢，吃过，吃过！"虎稍稍迟疑了一下，"天嘛，与甜同音，它的肉甜得很呢！"

"那，地的味道怎样？"鹿问。

"地嘛，因为地上的生物是各不相同的，所以味道也是多种多样的。如羊有膻味，鸡有鲜味，猪有油腻味……"虎越说越得意了。

"难道你连山也吃过？"鹿又问。

"吃过吃过。我是山大王嘛！山里的东西我全吃过！"虎说。

"那水，你更是吃过了？"鹿逗他问。

"吃过吃过，那东海龙王是我的结拜兄弟，啥样海鲜湖鲜都往我这里送。凡是海里的、湖里的、江里的东西，我都吃遍了。"虎很

是自豪。

鹿想了想，装出很敬佩的样子，对虎说："看来你真了不得，不过，这'天、地、山、水'，你都是分别吃的。我们长白山的天池呀，可是凝聚了天地山水的精华哎，如果你能把天池吃了，才是最了不起哟。你吃了天池，我才愿意让你吃。"

"一言为定。哼！我一定要把这天、地、山、水的精华吃了！"虎很有信心地跟着鹿来到天池边。

虎看着这么大的天池，面露难色，但强作镇静，当即飞身跃起，张嘴做吞食之势。只听扑通一声，这只不自量力、狂妄至极的东北虎掉入了天池，就再也没有起来过……

先长成大树

范　江

一棵小树苗刚从土里钻出来不久，它喜欢那蓝蓝的天，飘浮的云，更喜欢那空中飞过的鸟。

一天，一只翠鸟落在小树的身边，小树欢喜极了，说："小鸟小鸟，快来跟我玩吧！"翠鸟蹦了几下，瞅了它一眼，还没等回答，就不知为什么啾的一声飞走了。

小树很遗憾，想：大概是它不喜欢我。

又过了几天，小树看见一大群五颜六色的鸟落在几棵高耸入云的大树上开音乐会，鸟儿们或独唱，或合唱，声音啁啁啾啾，真是动听极了。小树多么盼望鸟儿们也落到自己的身上来唱啊，可是鸟儿们似乎对它连看都没看一眼。

小树就这样盼啊想啊，可是鸟儿们始终不来。

一天，小树实在太闷倦了，就问离自己不太远的一棵老树爷爷："爷爷，怎么能让鸟儿们也来我这儿唱歌呢？"

老树爷爷摸了摸胡子笑了笑说："孩子，你还太小，太矮，鸟儿们是不会来的。"

"为什么小、矮，鸟儿们就不来呢？"

"你想想，孩子，"老树爷爷认真地说，"鸟儿们是比较脆弱的，因此也是很机警的。它们喜欢唱歌，但更需要的是安全。你这么

小，这么矮，地上的敌害又那么多，鸟儿们假如在你这儿唱歌，能有一时一刻的安全吗？而高树就相对安全多了，因为许多敌害是不会上树的……”

听到这些，小树似乎有些明白了，它确实看到过爬行的蛇，钻洞的鼠，大尾巴的狐狸，丑恶的狼，都曾从身边走过。而真要是鸟儿在自己身边唱歌，它是无能力保护它们的。

“孩子，快长成一棵大树，鸟儿就会朝你飞来。”老树语重心长地对它说。

“对，先长成一棵大树。”小树似乎一下明白了不少，它挺了挺胸……

驴和狐狸

周冰冰

当下世界正处于知识爆炸时代,连驴也深感自己蒙昧无知,于是就发奋学习起来。狐狸听到了这个消息,赶来讽刺说:“你的愚蠢和我的狡猾是举世公认的,学习顶什么用啊!我的狡猾毕竟是一种智慧,可你的愚蠢不仅在《伊索寓言》里一再出现,就连中国的寓言也有‘黔驴技穷’的嘲笑。你已经是愚蠢的化身和代名词了!驴想有学问,这可是天大的笑话,哈哈……”狐狸狂笑不已。

“不,我不同意你的论调。”驴认真地说,“我承认自己是非常愚蠢的,但我要拼命地学习,时间久了就能变得聪明一点儿。”

“哈哈……”狐狸笑得前仰后合。

“要是学习能使驴变得聪明,我们智慧的狐狸愿做阁下的随从。”

驴子对狐狸的冷嘲热讽并不动气,它严肃地说:“狡猾怎么能和智慧相提并论呢?它不过是一种贪婪奸诈的小聪明、损人利己的小伎俩。所以,狡猾的狐狸永远也不配说成是智慧的狐狸!”

狐狸听完驴的话,先是满脸愠色,接着是面红耳赤,最后深有感触地说:“如此下去,狐狸可真的要做驴的随从了。”

老虎种胡萝卜

胡鹏南

有只老虎从书上看到一则知识，兔子爱吃胡萝卜，它看了后受到启发，就在山坡上种了许多胡萝卜。

冬天，胡萝卜成熟了，老虎收获了一千多斤，放在山洞里，堆得高高的像一座小山，只要走到洞口，就能嗅到从洞里飘出来的甜滋滋的胡萝卜味道，真让人嘴馋呀。

住在隔壁山洞里的老狐狸问老虎："你吃荤不吃素，种这么多胡萝卜干什么？"

老虎得意地说："我当然有用处！"

第二天，老虎在山上到处贴布告，说老虎做善事，每只兔子到老虎处可免费领取胡萝卜两斤，时间不限，送完为止。

老虎想，兔子看了布告，一定会成群结队地来领取胡萝卜。所以一早起来，就在洞里等候。

谁知连等两天，门前冷冷清清的，一只兔子也没有来。它很奇怪，就到隔壁问老狐狸，这是什么原因。

老狐狸说："这有啥奇怪？兔子虽小，但并不愚笨。它们知道胡萝卜好吃，可是到大王这里来免费领取，得付出生命的代价，还有谁会来上当呢？"

自 私 的 驴

邹海鹏

一头驴和一匹马驮着瓷器和主人一起去做生意。

一路上，驴东瞧瞧西看看，极不安分，结果一不留神，驮着的瓷器撞到了一棵大树上，碎了好多。

主人心痛不已，把驴大骂了一顿。

驴挨了骂，心中愤愤不平，于是在途中偷偷地咬断马身上捆瓷器的绳子，结果马驮的瓷器散落一地，都成了碎片。

驴在一旁幸灾乐祸，等着看马的好戏。

主人检查了捆瓷器的绳子，断定绳子断了是驴所为。于是，拿起鞭子把驴狠狠地教训了一顿。

自私的驴呀，受到了应有的惩罚。

两只猴子与一个桃子

林锡胜

一棵已摘完桃子的桃树下,一高一矮的两只猴子在玩耍。忽然,一阵大风吹来,树上的密叶里,露出一个又红又大的桃子。

两只猴子几乎同时惊喜地叫起来:"啊,桃子!"

说时迟,那时快,只见高个猴子抢先噌噌噌地上了树,他摘下桃子,顾不得擦一下就往嘴里塞。桃儿像蜜一般甜,高个猴子吃完桃子却擦擦嘴,对矮个猴子说:"这个桃子真难吃,里面都烂了,我今儿准得闹肚子。"

"是吗?"矮个猴子冷笑一声,"我倒希望你舍得把这'烂桃'分一半给我,让我今儿也闹肚子呢!"

"你,你以为我在骗你?"高个猴子用一只手拍着胸脯说,"我敢对天发誓,我吃的的的确确是一只烂桃!……"

矮个猴子打断他的话,说:"明知桃子烂了,吃了会闹肚子,还要吃,你这不是成了傻瓜一个吗?"

高个猴子:"……"

马厩里的千里马

葆 劼

马厩的主人,是位相马高手。只要他到草原走一趟,准能买上几匹千里马回来。

看那马厩里的马吧,什么乌骓呀黄骠呀雪青呀,都是日行千里的宝马,几乎每个槽头上都拴了一匹。

一日,一位要远行考察的学者,前来索马。马厩主人连连摆手:“不行! 不行!”

学者说:“你有这些千里马不用,不是白白浪费资源吗?”

马厩主人说:“我只是把千里马集中起来,怎么叫浪费?”

又一日,一位勇猛的猎手前来索马,得到的是同样的答复。

再一日,一位威武的将军前来索马,也是空手而归。

这样,马厩里的千里马,谁也未能索去。日复一日,年复一年,千里马一匹匹渐渐地老了,死去了。可是,马厩的主人还是经常到草原去,仍在不断购进新的千里马。

蜘蛛与牡丹

吴礼鑫

蜘蛛蹿到牡丹面前，牡丹随意地问道："人们都说你是'五毒之首'，这是为何呢？"

蜘蛛神气十足地回答道："我聚天地之肮脏，食蚊蝇之毒物，吐内心之最毒，所以才造就心狠嘴毒，天下一流。"

随后蜘蛛向牡丹问道："人们都说你是'国色天香'，这是为何呢？"

牡丹谦虚谨慎地回答道："我聚大地之灵气，吸天空之精华，取自然之雨露，承蒙天地厚爱，所以才造就美丽芳香，天下欣赏，其实何足挂齿呢。"

聚恶者，恶更恶；集善者，善益善。

蚂蚁和狮子

张培智

小蚂蚁总是睡不醒,还在做着掏蜂巢吃蜜的美梦,蚁王就吹起了出工的号令。小蚂蚁伸了伸胳膊,揉了揉惺忪的睡眼,从蚁穴里探出头来,新的一天开始了。

风和日丽,春暖花开,满山遍野开放着数不胜数争奇斗艳的鲜花。小蚂蚁在花草丛中寻寻觅觅,正忙得满头大汗,突然肩上不知被谁撞了一下,“哎哟”叫了一声,在草地里打了几个滚,痛得他差点掉眼泪。小蚂蚁抬头见是狮子,友好地问:“狮子先生,你要去哪里?”

狮子也是一大早就出来寻找食物,可到现在还没有找到可吃的东西,正为饥肠辘辘而发愁,以为是什么小动物自动送上门来,喜滋滋地弓起背脊准备攻击,低头见是蚂蚁,顿时像泄了气的皮球,爱理不理地只顾走路。

蚂蚁以为狮子没听到,就爬到狮子身上,附在狮子耳朵上问:“狮子先生,我们能做个朋友同行吗?”

狮子摇晃着身子,把蚂蚁甩到地上,说:“你算什么东西,滚开。”还气呼呼地踩了蚂蚁一脚,扬长而去。小蚂蚁翻了个身,又忙碌开了。

过了几天,小蚂蚁又出来寻找食物。当他翻过一个山冈,正要下坡的时候，又遇见上次对他爱理不理的狮子。小蚂蚁正要上前打招呼，发现狮子躺在地上一动不动。是狮子病了，可身边怎么没有一个朋友照顾他？小蚂蚁来到狮子身边，连叫几声不见狮子答应，摸摸狮子的额头，烫得好厉害，果真是病了。

小蚂蚁想，这可怎么办呢，如果狮子得不到救治，恐怕会有生命危险。小蚂蚁急忙找来几个同伴商量了一下，决定发出紧急求救信息，请求森林中的动物朋友们一起来救助狮子。只见蚂蚁交头接耳，相互用触须传递狮子生病的消息。不一会儿，松鼠大夫背着个药箱来到狮子身边，经过一番抢救，终于把病了一天一夜的狮子救醒。

花蝴蝶见了，很为蚂蚁抱不平："蚂蚁老弟，狮子那样粗暴无礼地对你，可你还那样友善地帮他。"

蚂蚁说："帮助别人是一种快乐，我们不能因为狮子偶尔的一次不礼貌而见死不救。"

狮子对自己的所作所为感到惭愧和后悔，更对蚂蚁的宽宏和大度肃然起敬。经历了这次磨难，狮子明白了一个道理："自恃强大，藐视弱小，是最愚蠢的行为。"

侦探与小偷

叶永烈

一个大侦探由于屡破疑案,名声大振。小偷和强盗一听到这位大侦探的名字,就吓得浑身发抖。

有一天,大侦探正在家里,忽然响起了门铃声。

门口站着一位陌生的留着长胡子的客人。大侦探很客气地把他请了进来,递了一支香烟给他。

客人说明了来意:"侦探先生,我打心底里敬佩你。我也很想当一名侦探,不知道该从哪儿学起。"

大侦探微微一笑,不假思索地答道:"先生,为了答复你的问题,请允许我打个比方。

"比如,你是一个小偷——

"你刚才按我的门铃,就在门铃上留下了你的指纹。根据指纹,就可以把你查出来。

"你走进客厅,在打蜡地板上留下了你的一行很清晰的脚印。根据脚印,我可以判断你是男性还是女性,我还可以根据脚印的长度推算出你的身高。

"你坐在我的沙发上,留下了你的气味。我可以让警犬闻一闻这气味,跟踪追击,把你抓住。

"你抽了我递给你的香烟,把烟蒂扔在烟灰缸里。在烟蒂上,就留有你的唾液。我可以从你的唾液中,查出你的血型。

“你刚才还用手捋了一下你的长胡子。我注意到,在你捋胡子的时候,有一根胡子掉了下来。照理,根据这根胡子,我也可以断定你的血型。不过,我还注意到,你的胡子是假的,是粘上去的……”

说到这里,大侦探用手一把抓住客人的胡子,用力一拉,把胡子全部拉了下来。

客人浑身哆嗦,黄豆般的冷汗从前额滚落下来。

原来,这位“客人”是个小偷。他化装成老头儿,来到大侦探家里,本来想摸大侦探的底,弄清大侦探破案的奥秘。谁知大侦探在门口一眼就看穿了这个假老头的真面目。正因为这样,当大侦探说“比如,你是一个小偷——”时,就把“客人”吓了一跳。当侦探一一说明他的侦探技术时,把小偷吓得魂不附体,坐立不安,冷汗不由自主地冒了出来。小偷一边听,一边暗暗佩服,心想:“我已在门铃上按了一下,在打蜡地板上也走了几步,还在沙发上坐

过，又抽了一支烟，捋了一下胡子……都给他留下了破案的线索！”

小偷原形毕露，狼狈极了，低头哈腰向大侦探求饶。

大侦探倒很宽宏大量，并没有把他抓起来交给警察局。

大侦探拿起笔，唰唰地在纸上写了几个字，然后把纸条装进信封，封好，交给小偷。

大侦探对小偷说：“先生，我还是言归正传，你到我这儿来，是为了了解我的侦探经验。现在，我已经把自己毕生的侦探经验写在纸上。你回家拆开一看，就会明白。我的经验并不保密，因此，你可以把我写在纸条上的话，交给你的同伙们看。”

小偷实在猜不透大侦探会在纸条上写些什么。他急急忙忙回到家里，马上拆开了信封，掏出了纸条。

纸条上写着什么呢？

写着这样十个字：

“若要人不知，除非己莫为！”

瓜们的寓言

高 也

微风和煦。丝瓜俯视着南瓜，说："我的藤蔓很长，所以我可以爬得很高。每天清晨，我可以望着极远方的朝阳缓慢地升起，将自己洁白的光辉毫不吝啬地洒向刚刚苏醒的大地，朝阳的光芒，像初生婴儿的目光一样，纯真与不屑世俗；每天傍晚，我可以看见那一轮残阳带着血色的光芒，承载着大地上芸芸众生的悲欢离合，沉入地平线，夕阳的余晖终究还是无法承受所有的记忆而沉睡，回归于曾经的起点和现在的终点；每到夜晚，繁星点点，星光的照耀下，我可以看见远处星罗棋布的村庄，稀疏的几间屋子外摇晃的灯光。我以俯视者的眼光，注视着路人们灵魂的干枯，以及闹市最深处的万籁俱寂。"

丝瓜说完转向南瓜，说："那么你呢？"

"我并没有丝瓜你那样可以俯视大地的'高度'，所以，我今生永远无法看见你所描述的朝阳初生、日薄西山、繁星点点，更无法看见人们灵魂的干枯。因为我的藤蔓很短，果实很重，所以脆弱的茎无法支撑这果实，我无法攀爬上高高的架子。但是我贴着土。我喜欢这样的感觉，踏实。我从未觉得泥土是污秽的东西，因为大地是滋润我们的初源。没有泥土，我也就不会降生，更不会知道还有日光这样如同解冻了的春风一样温暖的东西。所以我也不愿意往上爬，我不想离开大地。”

说到这里，南瓜低下了头。

一阵大风刮来，丝瓜的藤蔓被吹落在地。当丝瓜正想以惯常的姿态俯视地瞥一眼南瓜的时候，却猛然愣住。他已无法再俯视南瓜了。因为他和南瓜一样高了，甚至说，比南瓜还要矮一些。

——他没有了那个架子，又怎能再俯视大地呢？

没了架子，我们都一样。

乌龟与蝴蝶

桂剑雄

乌龟和兔子赛跑,因兔子骄傲,乌龟出人意料地赢得了那场实力悬殊的比赛。蝴蝶知道后,也要求与乌龟比赛。乌龟略加考虑了一下,便接受了蝴蝶的挑战,但要求由它来确定比赛的项目及场地。

见蝴蝶表示同意,乌龟说道:"你是飞行,我是爬行,为了体现公平竞争的原则,我们就比六十米障碍赛吧!"

随后,乌龟把蝴蝶带到了它自己非常熟悉、经常穿越的场地:二十米荆棘、二十米河流和二十米花丛。

比赛一开始,蝴蝶便一路领先,轻而易举地飞越了许多动物都难以通过的荆棘与河流,来到花丛。到达花丛后,蝴蝶发现乌龟还未爬出荆棘,便放心地在花丛中玩耍起来……

当蝴蝶在花丛中正玩得起劲时,乌龟已经游过了河流,不声不响地上到了岸上,并一鼓作气地悄悄爬过了终点,赢得了又一场实力悬殊的比赛。

——在人生的旅途中,如果花丛也算路障的话,对某些人来说,这道路障可能要比荆棘和河流更难逾越。

瓶子里的沙蜂

郑钦南

窗台上，一只小口瓶子的底部残存着一些饴糖，好几只沙蜂闻到了糖的香甜味，一头扎进瓶子里狼吞虎咽地大吃起来。

一阵风吹来，竖着的瓶子被吹倒后滚到了地板上，瓶子里的沙蜂以为发生了地震，顿时乱作一团。瓶子不断地滚动着，大家都被搞得晕头转向。此时，寻找出口成了大家的共同愿望。瓶子终于停稳了，一半在亮处，一半在暗处。这些沙蜂中一个带“长”字的小头目说：“有亮光的地方肯定有出口。”他指了指瓶底那头接着说，“只要你们紧跟我，我一定会把你们统统带出去。”

一只小沙蜂说话了：“不一定吧，我以为有风的那一头才是出

口呢。刚才一丝风从那头吹过来,出口肯定在那边。”他一边说一边指了指瓶口那头。

“你休得胡说八道！有光亮的地方才是出口。头儿说的话绝对不会错!”沙蜂们异口同声地说。

“我们走!”带“长”字的小头目率先向瓶子的底部飞去。一道无形的墙挡住了他们的去路。“光明在向我们招手呢,大家先向后退,然后用力向前冲,冲过去就是胜利!”那小头目说。大家竭尽全力向瓶底撞去,结果一个个都被撞得头破血流。

那一只小沙蜂向有风的地方爬去,虽然这风很轻很轻,但是他还是感觉到了。凭着这一感觉,他成功地找到了出口。他回过头来大声说:“朋友们,出口真的在这儿呢……”可是,瓶子里的沙蜂全都呜呼哀哉了。

海中的蛟龙

肖邦祥

一条蛟龙在海中游泳时，不小心被冲到了一个浅水滩上。由于滩上水太浅，蛟龙顿时无法游动，只好静静地伏在那里。

常言道："龙游浅水遭虾戏。"果然，一群小虾见了，纷纷游过来，对蛟龙一会儿尽情嘲笑，一会儿放肆辱骂，还故意在蛟龙身上左冲右撞。看那不可一世的神态，仿佛它们虾类才是海中真正的霸主。

然而，没过多久，大海开始涨潮了。浅水滩眨眼间涨满了潮水，蛟龙一下子又能游动了。

小虾们见了，一个个吓得连话都说不出来了。它们认为蛟龙准会报复，今天肯定是难逃一死。

可蛟龙连看都没看它们一眼，就径直向大海深处游去。

一只海龟见了，不禁问蛟龙："龙兄，你为什么不惩罚一下那些可恶的小虾们呢？"

不料蛟龙听罢，竟哈哈大笑道："我们蛟龙之所以能成为蛟龙，就因为我们从不把那些小虾之类的骚扰放在心上！"

一只拥有太阳的老鼠

牟丕志

有一只老鼠生活得十分快乐。它快乐的原因很简单。老鼠说:“我拥有一颗太阳。这是一颗多么神奇而伟大的宝贝,它给大地山川以灿烂的阳光,给每一种植物、每一个动物带来温暖和光明。”

大家都说老鼠脑筋有毛病。太阳神奇伟大不假,可是,太阳并不只是你的,那是大家的。你想独占不成?

可是,老鼠是一个顽固的家伙。它确信太阳就是自己的。其他动物是不是拥有太阳,它说自己管不着。它说自己要十分珍惜太阳。它每天早晨看太阳从山头跃起的样子,心里高兴极了。它每天晒着太阳,享受着它的温暖。它每天写着赞美太阳的诗,诗写得很一般,很平常,但都是发自心灵深处的。因为,它从骨子里确信太阳是自己的。它觉得,如果对太阳有半点轻视和浪费,那是一件十分可怕和愚蠢的事。它就这样简单而快乐地生活着。

相比之下,狮大王烦恼很多。狮大王因为争夺一块领地失败,丢了面子和尊严。它想到了自杀。它为选择自杀的方式而煞费苦心。如果选择跳河的话,它怕身体被鳄鱼吃掉,它不希望自己死得那样窝囊而没有面子。如果选择坠崖的话,它唯恐被摔得粉身碎骨,它不想死得那样可怕。如果选择上吊的话,它怕许多动物看见自己可悲的样子，会嘲笑自己，留下话柄。它痛苦极了。

它发现老鼠很快乐。心想，自己丢了一块领地，也比老鼠威风多了。可是，老鼠却那样的快乐，而自己却痛苦得要死。

于是它捉住了老鼠。它对老鼠说："你必须把你快乐的秘诀告诉我。否则我会吃了你。"

老鼠说："我实在没有什么快乐的秘诀。我只是平平常常地活着而已。"

狮子说："这绝不可能。快乐总是有原因的。"

狮子见老鼠不肯说出快乐的秘诀。心里想，是不是老鼠有十分珍贵的宝贝？

它命令老鼠将自己最心爱的宝贝拿出来。

老鼠说："我最心爱的宝贝是太阳。难道你不拥有它吗？"

狮子说："太阳是什么好东西？大家都有份呀。"

老鼠说："假如没有太阳呢？"

狮子感到很吃惊。因为，它从未想过这个问题。它试图往下想一想。这个假设实在太可怕了。这个假设告诉它：原来，太阳才是最宝贵的财富呀。

狮子明白了：老鼠说的是实话。快乐不快乐，只是心态问题。它从心里对老鼠产生了深深的敬意。

狮子决定放了那只快乐无边的老鼠。

蚂蚁的醒悟

吕华阳

一只十分勤奋的蚂蚁，有一天误入了牛角。

蚂蚁很小。弯弯的牛角，在它看来就像是一条极其宽阔的隧道。它想，走出隧道，定会是一个草美水丰的洞天福地。谁料，脚下的路却越走越窄，到后来竟难以容身。为此，蚂蚁不得不停下来进行认真思考。经过一番激烈的思想斗争，它决心掉过头来，重新开始。

这一回，它由牛角尖向牛角口进发，结果它惊喜地发现，道路越走越宽广，而且步出牛角，天蓝莹莹的，极其高远；地郁郁葱葱的，宛如绿浪滚滚的大海。一时间，它觉得自己就是那天上自由飞翔的小鸟儿，大海中随意竞游的小鱼儿。

之后，蚂蚁逢人便说："当你遇到无法逾越的障碍时，不妨换一种方式。这就像面对一扇打不开的门一样，换一把钥匙，希望之门或许就会为你敞开。"

竹笋和松树

何志汉

竹笋嘲笑身边的松树说:“你老兄太没出息了,这些年也没长多高;你看我,几天时间就超过了你!”

松树只是微微一笑,一副泰然自若的样子,没把竹笋的嘲笑当回事。

忽一日,狂风骤起,飞沙走石,成片的竹笋被疾风吹折,长得越高的,折断得越快。而松树则岿然不动,它们瞥一眼身边倒下的竹笋说:“脑袋太尖了,肚子太空了!”

鹰和百灵

林植峰

练飞的鹰和学唱的百灵,有次偶然碰在一起。百灵关切地问道:

"鹰,你听到过乌鸦、斑鸠等鸟儿对你的议论吗?"

"没有。"鹰摇摇头,"我很少留心。"

"它们说你蹿得太高,冲得过快,净想出风头。"

"哦,是这样?"鹰笑了,猛然间记起了什么,"我那天偶然听见它们提到你,说你唱得妖声怪气,是为了哗众取宠,等等。"

"那么,你飞低飞慢些,我也少唱些算了。"百灵心中难过,沮丧地提议道。

"恰恰相反!"鹰勉励它道,"如果因为听了乌鸦、斑鸠的这类话而畏葸不前,我们就别想有出息了!"

鹰说罢,一振翅插入了蓝天,比往时飞得更矫健更迅疾。百灵受到鼓舞,它长长地吐了一口闷气,又唱起一支新曲儿来。歌声悠扬悦耳,连从上空掠过的鹰听了,也止不住发出喝彩声。

一个萝卜一个坑

李菊香

秋天，农夫在田里挖了一个小小的坑，准备种下一颗萝卜种子。

“等一下！”种子对农夫说，“俗话说，一个萝卜一个坑，我是一颗优秀的种子，当然应该有个优秀的坑才配得上我。这个坑应该足够阔、足够深才行！”

农夫对萝卜种子说：“行了，这对于你来说已经足够大了。”说着农夫就把它丢进土里掩埋住了。

现在，连那个小小的坑也不存在了。萝卜种子躺在黑暗的泥土里，它郁闷地抱怨：“不是说一个萝卜一个坑吗？这里空间这么狭小，属于我的坑在哪儿呢？”

紧贴着它的泥土安慰它说：“噢，小萝卜种子，不要难过，如果你是颗优秀的种子，你会有属于自己的那个坑的！现在你要做的是尽快让自己发芽生根。我会尽量给你提供充足的水分和养料，公正地对待每一粒种子。能不能有自己的坑得靠你自己。”

萝卜种子终于明白了，原来并没有一个属于自己的坑在等着自己，想要一个自己的坑，那得靠自己的努力才行。

小萝卜种子努力地吸收水分，很快萌出细小的芽。它一个劲地向上长，叶子在太阳下晒得青翠欲滴，根在泥土中一天天长大。

开始只有细细的根，渐渐地有小手指粗了，后来就像婴儿的小臂那么粗了。它每长大点，泥土就为它让出一些地方来。

一天，这棵肥白多汁的大萝卜被拔出了泥土，农夫搓着手上的泥土兴奋地说："哈哈，这是今年最好的一棵萝卜了！瞧它留下多大的一个坑！"

失去了萝卜的泥土心里空落落的，却并不难过。泥土知道，这种空落落的感觉正是萝卜留给自己最好的纪念。

蜗牛求友记

瞿光辉

有一天，蜗牛背着房子到处搬家，她要找一个好朋友。

她来到河边，河面上飞着一只蜻蜓，蜻蜓头上有很多很多眼睛，看什么都一清二楚。她想跟蜗牛交朋友，就在她家屋顶上歇一歇，蜗牛把身子往屋里一缩，搬屋子走了。蜗牛想，这个人飞得那么高——高不可攀。

中午时候，蜗牛把家搬上河岸，这时飞来一只蜜蜂，蜜蜂尾巴上长根刺，那根刺可厉害啦，如果有什么坏家伙要害他，他可不客气。他想跟蜗牛交朋友，就在她家门口歇一歇。蜗牛却冷冷地把门关上，搬屋子走了。蜗牛想，他老爱得罪人，这样的人难相处。

到了下午，蜗牛伸出两条触角，像一只矫健的麋鹿走在田野上。她碰到了蚯蚓。跟蚯蚓做朋友好不好呢？蚯蚓有长长的软软的身体，可他终年在地里耕田，天天跟泥巴打交道，这样的朋友——没出息。她独自走了。

这时已近黄昏，蜗牛慢慢地爬到了水田边，水田里的稻子在夏天的微风中摇曳，发出有节奏的声音。在沙沙的乐曲中有萤火虫在翩翩起舞。蜗牛看见萤火虫穿着时尚，羡慕极了。

“萤火虫女士，你真好看！”蜗牛慢条斯理地说。

“是吗?”萤火虫彬彬有礼地回答。

这时蜻蜓停在一根竹竿上,她早看见了,“蜗牛小妹,不要被她迷惑!”

“你胡说些什么呀?你妒忌我们的友谊吧?”

蜻蜓飞走了,天也暗了。

蜗牛把萤火虫请到家门口:“你休息休息,你累了吧。”

“不累不累,我就是喜欢在夜晚跳舞。”

看见蜗牛与萤火虫吹吹拍拍,打得火热,蚯蚓警告蜗牛说:“别跟萤火虫在一块儿,她是你的死敌。”

这时夜色已经笼罩了大地,有一些不知名的虫儿在那儿弹唱什么曲子。

萤火虫提着小灯笼在蜗牛身边飞来飞去。“这真是一个迷人的夜晚。”蜗牛心里甜滋滋的。

萤火虫飞近蜗牛,在她身上捻了几捻,蜗牛觉得很舒服,她像坠入梦境中一样,“萤火虫大姐,你真是我的好朋友。”

萤火虫对蜗牛说:“我们可是天上的神仙呢,所以我们都手提星星一样明亮的灯。蜗牛小妹,你想过神仙般的生活吗?”

“怎样才能过神仙一样的生活?”

“这很简单,我们有办法。”

“过神仙般的生活哪有这么简单呀?”蜗牛突然想起蚯蚓的话,警觉起来,想把门关上,可她迷迷糊糊的,已经力不从心了。她留下了门缝。

萤火虫就举起头顶上的一片颚,弯拢来成为一把钩子,尖利细小如一根毛发,萤火虫就用这个东西插进门缝,给蜗牛打了一针,然后轻轻地捻捻她,温和得好比一丝丝轻风。背着蜗牛壳的蜗牛舒舒服服地、不知不觉地变成了一锅鲜肉糜。蜗牛的门倒下了。别的萤火虫闻到了香味都飞来共进夜宵。

夜晚的天空静悄悄,田野上三三两两地忽上忽下闪耀着萤火虫的灯光。

度　量

余　途

水壶盛满海水，拍着胸脯夸口道："我具有海的度量。"

壶的主人问："你知道海有多深？"

水壶说："和我的高度一样。"

主人又问："海有多广博？"

水壶说："我有多少，海便有多少。"

主人看海，海始终沉默着。水壶解释道："这一点，海是默认的。"

主人愤怒地把水壶扔进大海，水壶迅速消失在海里。

过了很久，壶的主人在沙滩上发现了空荡荡的水壶，水壶告诉主人："海不想吞没我，它把我托举出来，抛向沙滩，便悄悄地离开了。"

大鱼和小鱼

陈巧莉

在深蓝深蓝的大海里，有两条不知名的鱼，一条很大，一条很小。他们喜欢待在静静的水面上晒太阳。

每天，当太阳直直地照射在海面上，大鱼和小鱼就会不约而同地来到这里，懒懒地漂在水面上，周围是绿绿的海草和美丽的珊瑚礁。

有一天，大鱼对小鱼说："小不点儿，我瞧你挺可怜的。"

小鱼眨眨眼睛："为什么？"

"因为你太小了。"

小鱼听了低下头。大鱼这时候就显得特别得意。

那以后，他们俩还是常常在有太阳的日子里一起晒太阳。大鱼心情好的时候，会告诉小鱼许多事，比如他能潜到深海里，见过身体呈圆柱状的海参，见过八条长腿的章鱼……

大鱼说得越多，小鱼越自卑。

转眼，秋去冬来，太阳也变得珍贵了起来。

这一天，大鱼和小鱼又在一起晒太阳，大鱼像往常一样说着深海的见闻。

突然，不远处传来一阵汽笛声，紧接着平静的海面掀起了巨浪，正当他们要逃的时候，一张大网罩了下来。大鱼和小鱼连同周

围的鱼儿们都被罩在了网里。

小鱼身体小,没费什么力就从网里逃了出来。

大鱼在网内,小鱼在网外。小鱼对着大鱼喊:“大鱼,大鱼,你快从网里逃出来吧!”

“不行!不行!我不像你,我的身体太大了呀……”大鱼绝望地说。

小鱼流着泪,没有听见大鱼后面的话,只看到大鱼和那张网随着又一阵汽笛声消失了。

海面上又恢复了之前的平静。

小鱼还是习惯在每个有太阳的晌午来到这里晒太阳,只是他身边再也不见那条大鱼的身影。大鱼不在,小鱼感到很孤独,但他发现,自己却不再自卑了。

小蜘蛛得到了爱

陈必铮

小蜘蛛盼望着得到别人的爱,他总是缠着妈妈问:“妈妈,怎样才能得到别人的爱呢?”

蜘蛛妈妈说:“孩子,爱就藏在丝网里,你学会编织它,就能得到爱啦。”

小蜘蛛很纳闷:织网不就是为了捉蚊子吗?怎么里边会藏着爱呢?但他还是跟着妈妈学起了织网。

有一天,一只甲鱼爬上岸来产卵。

蜘蛛妈妈对小蜘蛛说:“孩子,我们快到甲鱼妈妈的身边去织网吧。”

小蜘蛛歪着脑袋问:“我们为什么要到甲鱼妈妈的身边去织网呢?”

蜘蛛妈妈说:“甲鱼妈妈要是被蚊子叮了就会死去的,她现在最需要我们去保护她呀。”

小蜘蛛点点头,赶紧跟着妈妈滑下树来,在甲鱼妈妈的身边布开了密密层层的丝网。

甲鱼妈妈趴着一句话也没说。她产完卵后,就顾自爬回河里去了。

小蜘蛛噘起嘴巴:“你看,妈妈,我们这样辛辛苦苦地织网保护她,她可连一句好话也没说就走了哩!”

蜘蛛妈妈说:“孩子,如果你是真心诚意地爱护别人,为什么要别人感谢你呢?”

小蜘蛛红了脸,他记住了妈妈的话。

过了几天,小蜘蛛独个儿在树上布网,突然一阵风刮来,把他卷进了河里。小蜘蛛拼命挣扎,眼看就要被淹没时,猛地感到有谁在水里顶着他,一次又一次地把他托出水面,一直将他护送上岸。小蜘蛛爬上岸,还不知道是谁救了他的命。

小蜘蛛跑回去告诉了妈妈。

蜘蛛妈妈笑道:“孩子,这是你用自己对别人的爱换来别人对你的爱呀,现在你明白了吧?”

“妈妈,我明白啦!”小蜘蛛说,“原来,要想得到别人的爱,首先自己要学会爱别人,对吗?”

蜘蛛妈妈深情地笑了。

山溪与大海

黄继先

一场暴风雨过后,山溪从山顶上狂奔而下。

他一边跑一边喊:“快让开！我来了！”

山溪由于速度太快,和一些行动不便的树木、移动困难的石头发生了摩擦和冲撞。山溪的体能迅速消耗,当他冲破层层障碍来到平原时,已身瘦如柴、力如游丝,几乎失去了向前移动的能力。

幸好,途中遇到一条小河。好心的小河搀扶着山溪继续前进。

山溪问小河:“人生之路为什么这样曲折？生活为什么这样坎坷?”

“我也不大明白,”小河坦诚地说,“听说大海很有学问,你去问大海吧。”

经过长时间的艰苦跋涉后,山溪和小河都进入了海域。

流入大海的山溪豁然开朗:只有海纳百川的胸怀和包罗万象的气度,才知道什么是曲折和坎坷。